JN251546

ドキュメンタリー小説

おも代(よ)の舞(まい)

佐々木 征夫

掛川城（静岡県掛川市）

土浦城（茨城県土浦市）

松平定信（江戸幕府老中首座・八代将軍 徳川吉宗の孫）

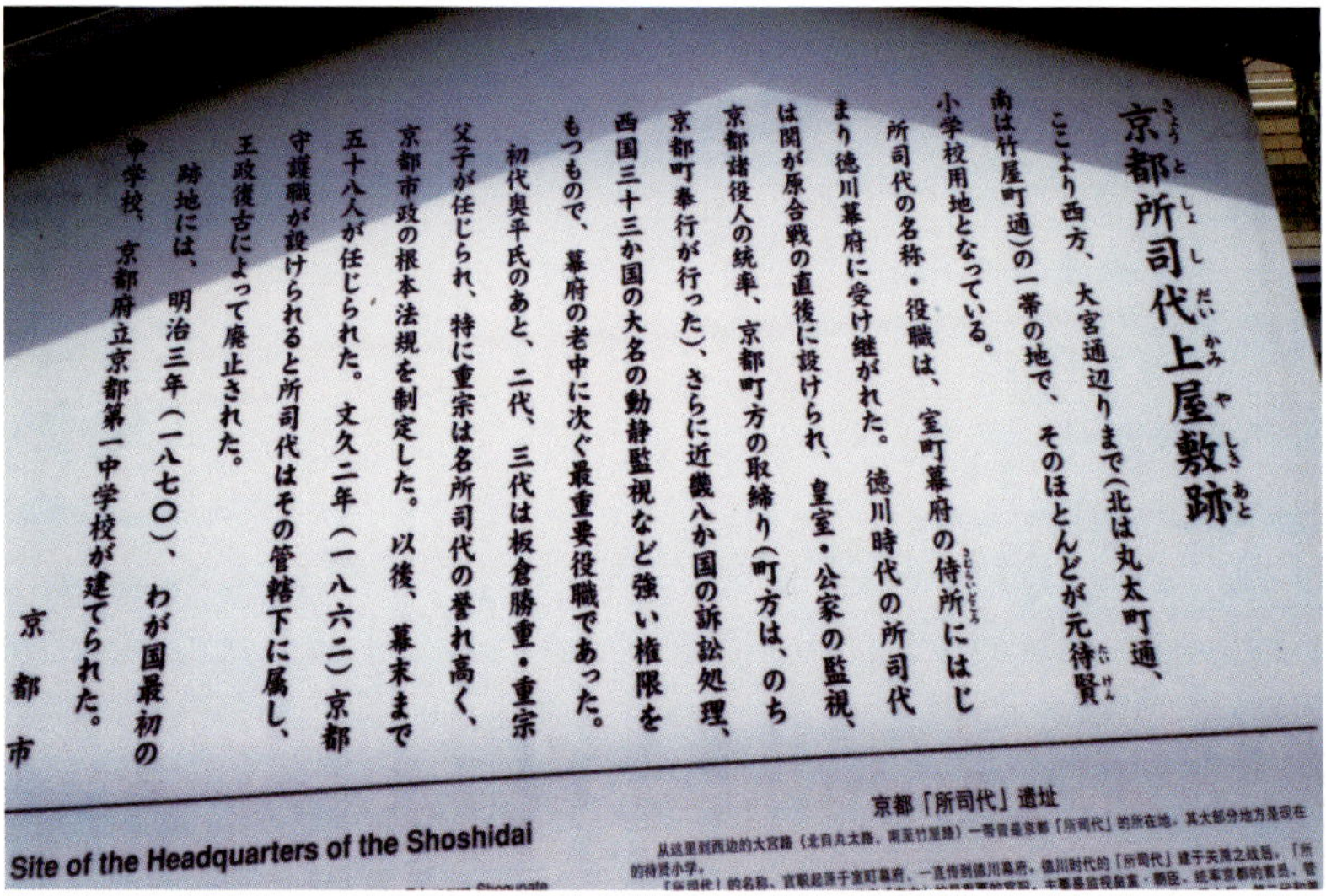

太田備中守資愛が詰めていた、京都所司代上屋敷跡の立て札

海禅寺（土浦藩主 菩提寺・東京上野松が谷町）

神沢杜口（江戸中・後期の歴史著述家）

おも代の舞——もくじ

おも代（よ）の舞（まい）

序

常陸国（現・茨城県）土浦城主・土屋能登守泰直（九万五千石）は、土浦藩史によれば、

〝寛政二年（一七九二年）五月三日、二十三歳の若さで病死した〟

と記されている。

またその正室・正子（於正）も、

〝同じ年の九月二十日、二十三歳で死亡した〟

と記されているが、両者ともその死因の具体的詳細については何ら触れられていない。ともに二十三歳の若さで、しかも正子は夫の死からわずか四ヵ月余りで死亡したことになる。

一方、江戸中・後期の歴史著述家・神沢杜口の『翁草』・巻一七三には、次のよ

うな記録がある。

『土屋能登守内室は、遠州掛川城主五万石余の息女なり。その侍女に（城主）太田家より付き来し女あり。容貌麗敷故、能登守の箕妾となりて寵愛せらる。この女太田家士・某が娘故、内室を超え、その身の寵を得ること本意にあらずとて暇を乞う。能登守是非なく暇を遣わすといえども、なお心残りしや。彼女を手討ちにして、その身も自殺せらる。内室これを聞いて口惜しく思われけん。同じく自害されしとぞ。表面は能登守先病気分にて隠密し、未だ何とも落着せずと風聞す。虚実を知らず。寛政二年のことなり』

江戸中・後期の事件や世相の記録である『翁草』のこの記事と土浦藩史の記録は、事の真相はさておき、基本的な事実関係においてはほぼ符号している。しかし土浦藩史によれば、四月下旬から病床にあった泰直は、五月三日になってから突然、時の将軍・家斉(いえなり)宛てに、

〃弟・英直に家督を相続させたい〃

との願書を提出し、

〝その日のうちに亡くなった〟

としている。この事態はどう見ても、不自然な感を免れない。

正子の父・太田備中守資愛は、当時京都所司代として頻繁に京都に詰めていたと見られ、京都在住の神沢杜口は、資愛の側近並びにその関係者らと直接・間接的な接点があった可能性は、少なからず推測できる。

杜口は記述の最後に、敢えて

〝事の虚実を知らず〟

と断っているが、彼の情報収集の客観性、正確性からして〝虚実を知らず〟と殊更に断っていること自体が、逆に事の信憑性、さらには所謂オフレコ情報、果ては土浦・掛川両藩への気遣いを物語っているとも言えよう。また、〝虚実を知らず〟と断りながら、続いて〝寛政二年のことなり〟と明言しているのも意味深である。

ところで、この事件で最も強烈な生き方をし、また死を遂げた正子の侍女について、筆者は一つの興味ある情報を得た。翁草では、ひとこと〝太田家士・某の娘〟と記されているだけの女である。

事件の取材中、筆者は江戸中期から代々筆頭家老として太田家に仕えた〝古屋一族〟の末裔を探し当てたのである。彼は、神奈川県在住の古屋長之氏である。長之氏は古屋家にまつわるあらゆる経緯を詳細に調べ、記録していた。そして正子と全く同時期に、美貌と才気を兼ねた一人の際立った女性が古屋家にいたことを明らかにした。

彼女は、私利私欲を捨て切った清貧の筆頭家老・古屋孝長の孫娘〝おも代〟である。また孝長の娘で、おも代の母である〝おほの〟は、いわゆる局の中老格で、事実上、側室や侍女たちをはじめ、局のいっさいを取り仕切っていたという。

長之氏は、翁草に記された〝太田家士・某の娘〟が直ちにおも代であるとは断言できずと言えども、さりとて否定もできない、と言う。さらに長之氏は当時、才色兼備の〝おも代〟がいたという記録があるだけで、当然興味をそそられるその後の消息については、何一つ残されていなかった不自然さにも、首をかしげた。

世の常として、もし一介の侍女が殿の寵愛を一身に集めたとすれば、誰しもが己が幸運と幸せに酔い痴れるべきところ、この侍女は衷心より内室の立場を慮り、敢然としてその身を引いた。さらには死をも恐れず、己の生き方を通し切った女はただ者ではない。

その精神性、潔さからしても、筆者はこの〝おも代〟を、翁草に記された能登守内室の侍女として話を進めたい。そして一般にはさほど珍しくもない数ある心中事件の中で、当時では勿論、とりわけ男女間の歯止めを失ったかに見える現代ではなおのこと、正に一種異様とも見えるこの事件の真相を明らかにして行きたいと思う。

佐々木征夫

谷中の春

例年になく厳しい風雪の吹き荒れた江戸の町にも、ここ数日来、ようやく穏やかな陽射しが続き、谷中にある掛川藩士・古屋教長の屋敷にはかすかに梅の香がただよっていた。

ちょうどひと月前、十五になったばかりの〝おも代〟は、時折中庭の梅の老木に目をやりながら、熱心に論語をそらんじていた。突然メジロのつがいが〝チチチッ！〟と鋭く鳴いて飛び立ち、数枚の梅の花びらが飛び散った。

「お嬢様、大変でございます。ご家老様がお見えになりました！」

息を切らせた婆やが、居間の前に座り込んで叫んだ。

おも代が居住まいを正す間もなく、おも代の母方の祖父であり、掛川藩の筆頭家老である古屋孝長が、さっと部屋へ入って来た。

「やあやあ、やっておるな！」

長身に見事な白髭をたくわえた太田備中守資愛の江戸詰め家老・孝長が重々しくも鋭く、しかし優しくおも代を見つめた。

「ハイ。おじいちゃまにいただいた大切な書物ですもの、おも代はうれしくって！　でもせっかくお出でくださったのに、今日は両親ともに不在ですが…」

「いやいや、それはいいのだ。実は今日は其方に用があってな。それにしてもおも代は、会うたびに美しゅうなるのう！」

「いやですわ、おじいちゃま。それよりもおも代にお話って、一体何事ですの？」

耳まで赤くしたおも代は、うつむきながら訊ねた。

「ホー、当家の梅も見事なものじゃ。せっかくの陽気じゃ、まずは庭に出て花見とでも行こうか」

六、七分咲きの梅の樹々に目をやっていた孝長はおもむろに広縁から庭に下り、おも代も慌てて祖父を追った。

「ところでおも代は、昨年のお花見のことを覚えておるかな？　桜田門の掛川藩上屋敷で執り行われた〝桜祭り〟のことを…」

ひときわ大きく枝を広げた梅の老木を見上げたまま、孝長が訊ねた。

「ええ、覚えておりますとも！あの素敵なお花見…桜という桜がみんな輝いて、まるで微笑んでいるようでしたわ！」

「ホホー、桜がみんな微笑んでおったか。おも代は面白いことを言うのぅ。さてあの時のことじゃが、おも代がみなの前で舞を披露したことは、勿論覚えておるじゃろうな」

「ハイ、まことに恥ずかしゅうことでございました。だっておじいちゃまが突然ご所望なさるのですもの」

「いや、あれはわしの所望ではなかった。実は姫君の、姫君・正子様のご所望だったのじゃよ」

おも代は〝エッ？〟と叫んだきり言葉を飲み込み、いぶかしそうに叔父を見上げた。

「おも代も存じておるじゃろうが、正子様は今年おも代と同い年の十五歳。その美貌といい、お優しさといい、まさに才色兼備の姫君じゃが、困ったことにお心にかなったお遊び相手、いや、お話し相手がおらんのじゃ。

殿もいたくご心配になり、何度か適当な娘を侍女としてあてがわれたが、相性が合わぬせいか、どうしても長続きしない。察するに姫君の知性、感性が豊か過ぎて、ご関心の的が違うやも知れぬ。

ところが先日、殿が姫君に、

〝正子の侍女の一件は真に困ったものじゃが、一体そちの希望する侍女はおるのか、おらんのか？〟

と直接お訊ねになった。すると姫君は、

〝もしもお許しいただければ、あの不思議な舞をする娘…いえ、去年の桜祭りでわたしが舞を所望した、あの娘を願いたい！〟

と自ら初めて、姫の意中の侍女…つまり、何とおも代自身をご指名されたという。どうじゃ、もしも真に姫が其方をお望みとあらば、上屋敷に上がって姫の侍女として奉公する気はないか？

勿論、おも代が当家の一粒種であることは重々承知しており、後々決して悪いようにはせぬつもりじゃ。またこの件はすでに両親にも伝えてあるが、二人とも〝少しなりとも姫君のお役に立てば…〃と喜んでおる。ただこの件は、親の気持ちを踏まえ、おも代に快く受けてもらうためにも、今回わしから直接話をした次第…どうじゃおも代、分かってくれるか！」

おも代は、突拍子もない祖父の話にただただ呆気にとられるばかりで、この話がわが身の事とは到底受け止められなかった。

この時何故かつい半年前、訳あって京の比叡山に出家した叔父（祖父・孝長の長男）長守の目の涼しい面影が、一瞬脳裏を過った。

程なく部屋に戻った孝長は、身を固くしてうなだれるおも代を前に、静かに話を続けた。

「わしの見る限り、姫君は竹を割ったようなご性格で、その内には計り知れぬ知性と、心温まる優しさを秘めておられる。ただお家の事情で、幼くして母上と離別された故、これまでどれほど淋しい想いをされて来たことか…それこそが、真の話し相手を求めておられる所以であるとも察せられる。

ところでおも代は、藩主・太田家に伝わるこの歌を存じておるかな？

〝七重八重花は咲けども山吹の　みのひとつだになきぞ悲しき〟

これは昔狩に出た武将が雨に遭い、百姓の娘に蓑を借りようとしたところ、何故か山吹の花一枝を手渡された。その意味を解せなかった武将は後刻大いに恥じ入り、歌道に精進した、と言う話…。

おも代！この武将こそ初めて江戸城を築かれた、われらが殿のご先祖・太田道灌様であられるのだ。この道灌さま直系の血筋を引かれた姫君…どうじゃおも代、こんな勿体ない話はないと思うが」

「勿体ないも何も…まるで雲の上のようなお話。おも代には今なお何のお話か、お申し出の意味が飲み込めません。おじいちゃまご存知の通り、おも代は何の取り柄もない、ただの小娘にございます」

突然に、しかも思いもよらぬ形で、わが身に重大な決意を迫られたと直感したおも代は、拳を握り締め、すがるように祖父を見上げた。

「よいよい、突然のこととて無理もない。一人、よくよく考えてみるがよい。勿論、両親ともしかと話し合ってみるのじゃ。ただ姫君が、特におも代の名を挙げられてのお申し出、ということだけは忘れるでないぞ」

孝長は鋭い眼光の中にも、深い温もりをたたえた目で、孫娘・おも代を見つめた。

その夜遅く、おも代は父・古屋教長と母・おほのの前に頭を垂れていた。

父・教長については、おも代の祖父・古屋孝長の長男・長守が訳あって出家したため、掛川藩主・太田資愛たっての計らいで、長女・おほのに越後から教長を婿養子として迎えさせ、古屋家断絶を救ったのである。教長は藩の郡奉行として務め、母・おほのは局の中老として藩主の側室、並びにその侍女ら凡てを実質的に取り仕切っていた。

「父上様、母上様ご案内の通り、わたくし如き不束者が、畏れ多くも姫様のお世話など、到底考えられるものではございません。どうかこの件だけは、ご勘弁いただきとう存じます。

その上、長らくこの屋敷にお住まいになっておられた叔父・長守様が京の寺に出家された矢先に、続けておも代まで出仕(しゅっし)してしまっては、この家は父上母上様のお二人きり…わが家はこの先、如何(いかが)なり行くのでありましょう?」

「これこれ、おも代がそんな心配までするではありません。そんなことを申したら、おも代は婿取りは元より、一生お嫁にすら行けなくなりますよ」

おほのは口元に手をやり、声を抑(おさ)えて笑った。

「おも代は、どこへもお嫁などには行きません! 生涯、父上、母上様のお側にお仕えさせていただきます」

父・教長(のりなが)が身を乗り出すようにして、たしなめた。

「おも代! いくら一人っ子だからとて、そんな我儘(わがまま)を言うではない。家の事は何も心配するには及ばない。大切なのは、おも代が進んで、いやむしろ喜んで姫様にお仕えしようとする心があるかどうかじゃ。ご家老様がわざわざわが家を訪ねられ、直々(じきじき)におも代に話されたのも正にそのため…」

「そうですよ、おも代。わたしたちは勿論、実はおじい様にとっても、まだ十五になったばかりのおも代を出仕させるのはつらいこと。だからこそ、おも代にはこれを心底光栄なこととして、喜んで行って欲しいのです。それにわたしたちは同じ江戸詰めのご奉公ですもの、会いたい時にはいつでも会えますよ」

父母の一言ひとことが胸に重く沈んで行くのを噛み締めながら、おも代はふと、かつて叔父・長守が言った一言を思い出していた。

「ただひたすらに、己が境遇の強ふるところを行へ」

…おも代がその長守に、いつしか人の道の教えを被るに至ったいきさつは、凡そ次のような次第であった。

長守は、おも代が物心のつく頃には、すでに母屋の裏手にある小さな離れに一人ひっそりと暮らしていた。叔父がおも代の家で暮らすようになった詳しいいきさつは知らなかったが、周囲の断片的な話によれば、おほのが必死で父・孝長を説得し、やっとのことで勘当された叔父を家の離れに引き取ったという。

長守は家老・孝長の長男で、妹・おほのと二人兄妹であった。長守は幼少の頃から思いやりのある優しい性格で、殊のほかおほのを可愛がった。おほのもまた兄の行く所はどこへでもついて歩いた。

やがて学問にも武芸にも人一倍秀でた長守は、成人して藩の勘定方に勤め、前途を嘱望される身となったが、仕官三年、そんな期待を裏切るような事件を、自ら引き起こしてしまった。藩の公金に手をつけたことが発覚したのである。

彼は、公金五十両の使途については最後まで頑として口を割らなかったが、実はその金は、行きつけの茶屋〝浜元〟で働く娘・お志津のためであった。お志津は下総の百姓の娘で、十六の時から国許の知り合いの伝で浜元へ奉公に出された。十人並みの娘ではあったが、気のいい、愛くるしい性格は客にも、店の者たちからも共に愛された。店に出て一年を過ぎたというのにお志津の初々しさは少しも失われないばかりか、その生来のもち肌はさらにみずみずしい艶を増し、胸の膨らみも一層豊かになった。

身分の違いをわきまえながらも、そんなお志津に長守は、いつしか心を寄せるようになっていた。一時でも店にお志津の姿が見えないと、切なく胸が騒いだ。またお志津も長守の姿を見つけるや何をおいても駆けつけては、熱っぽく長守を見つめた。

そんなある春の宵、長守は一人浜元で飲んでいたが、何故かお志津の口数が少なく、顔色もさえなかった。

具合でも悪いのかと案じつつ、早々に店を出ると、思いもかけずにお志津が小走りで追って来た。

「長守さま、申し訳ございません！実は大事なお話が…」

「おやおや、一体どうしたことだ。どこぞ具合でも悪いのか」

「いえ、そうではございません。実はお志津はもう、長守さまにはお会いできなくなりました！」

「何と申した？会えなくなるとはどういうことだ！」

「真に恥ずかしい限りではございますが、お志津は三日後には吉原の郭に預けられることになりました」

「ナニ？　吉原の郭だと？　何故、なぜだ！」

「…下総の実家が借金で二進も三進も行かなくなり、お志津が郭に売られることになったのです」

「お志津、いかん！いや、それは絶対に許されん！」

「長守様！」

お志津は、思わず長守にすがりついた。

「ナニ、五十両？…　エーイ、その金は拙者が必ず都合致す。よいかお志津、吉原行きは決してならぬぞ！」

長守は大見得を切ったが、それは本心でもあった。しかし代々家老職を引き継ぎながらも、清貧を旨とする古屋家に金銭的余裕など微塵もないのは明白だった。

翌日から長守は友人知人を訪ね、ひそかに借財を依頼したが、いずれも無下に断られた。お志津の身売り期限を前日に控えた翌々日、長守はついに藩の公金に手をつけた。ただ五十両は自らの給金等を当て早急に返済するつもりではあったが、同僚らの内報もあって事態はそれを待たずに早々に明らかになった。

これに激怒した孝長は直ちに長守を勘当するとともに、自らも家老職を返上しようとしたが、結果的には長守がお役ご免となったほかは、藩主・資愛の意向で事は凡て内密に処理された。しかしこの事件以降、孝長は自らの最小限の生計費を除き、家老職の給金は全てこれを藩に返上し続けた。その結果、四年前には妻に先立たれ、このたび長守を勘当した孝長は、身の回りを世話する老夫婦だけとの、更に質素で孤独な暮らしを余儀なくされたのである。

ところで当のお志津は、長守の工面で幸い身売りせずに済んだが、その後間もなく浜元を辞め、郷里・下総に帰ったという。

後日、浜元から長守のもとに密かに使いが来て、一枚の文を渡された。そこにはお志津の気持ちを、そのまま浜元の旦那に記してもらい、それをお志津が懸命に写し書いたという、たどたどしい一文があった。

〝ご恩は　いっしょう　わすれません　わたしは長守さまのことを胸に　生きてまいります　どうぞいつまでも　おしあわせに　　志津〟

さて、おほのが長守を裏の離れに引き取って間もなく、憔悴し切っていた長守の生活態度は一変した。謹慎期間が解けてからも、長守は好きな酒を断ち、勿論、浜元へも行こうとしなかった。ただ、お志津が身売りせずに済んだことだけが、長守の心の支えであり、慰めだった。その後の長守は、見る見る落ち着きと生気を取り戻し、早朝から読書と座禅、それに瞑想の日々を過ごすようになったのである。

おも代は母の言いつけで、婆やとともに何かと長守の身辺の世話をしたが、日が経つに連れ、この叔父が何か重大な不祥事を引き起こした人物とは、到底思えなくなっていた。

おも代が離れへ行くたびに、穏やかな声で、

「いつも、かたじけない。おも代は、何もかも母上そっくりだねぇ。真っ直ぐで心優しい。実にいい娘だ」

と、そのどこまでも透き通るような目で、おも代に微笑みかけた。

やがていつの頃からか、長守はおも代に浄土真宗の開祖・親鸞の話をするようになった。そして親鸞が教えた「教行信証」や、その言行録「歎異抄」を熱っぽく説いた。

「こんないい加減な男が、そなたに説教するのも笑止千万だが、この世の中で一体何が一番大切なものかを、おも代には分かってほしいのだ。まあどうか、わたしの話を聞いておくれ」

長守は、いつもそんな前置きをしながら、本題に入るのだった。

「そもそも親鸞の話は、物心のついた頃からよく父上に聞かされておった。何となくその教えに反発しながらも、何故か事あるごとに親鸞の書をひもといていたものだ。このたび己の不祥事から父上に勘当された後も、この書だけは肌身離さず読み続け、その教えにますます傾注せざるを得なかった。

親鸞の教えの核心をなすのは、

〝善人なおもて往生を遂(と)ぐ、いわんや悪人をや〟

自分の力を頼む善人でさえ往生できるのなら、他(た)の力を頼むしかない悪人が往生できるのは当然である。という大胆な教えだと、わたしは解しておる。
悪を讃美し、己を正当化するつもりは毛頭ないが、ともかくわたしはこの親鸞のお言葉に救われたのだ！こんなだらしのない、いい加減な男でも、ただひたすらに阿弥陀如来におすがりするだけで、心に平安が訪れた。己の力では如何ともし得なかった事態にも、ただただ念仏を唱えておすがりする。この他力本願の信仰によって、進むべき確かな道が開けて来たように思う。
おも代、どうか分かっておくれ！　人の力など、高が知れておる。だからこそ、人知を超越した真の力に依り頼むのだ。己の進むべき道を、海、山、天上凡てに偏在する無限の力にお任せする。われらはただ己を滅して、境遇の強ふるところを、ただひたすらに行えばよいのだ」

〝ただひたすらに、己が境遇の強ふるところを行う〟

おも代の胸中、叔父・長守の道を説く懸命な姿が、走馬灯のように回り廻った。

「これこれ、おも代！如何なされましたか？」

母・おほのの引き締まった声に、おも代はハッとわれに返った。そしてその一瞬、思いもかけずにわが身に降りかかってきたご奉公の話が、叔父の言うこの世を支配する無限の流れ…つまり、己（おの）が境遇の強ふるところだと、直感的に捉（とら）えた。おも代は、父母の前に改めて居住まいを正すと、きっぱりとした口調で言い切った。

「父上様、母上様ご承知の通り、真に知恵も力もない不束者（ふつつかもの）ではございますが、この際、おも代の一身にかけてご奉公させていただきます！」

このおも代の決断が、後々の悲劇的事件につながる発端になるなどとは、この時のおも代自身は勿論、誰一人として知る由もなかった。

それからおおよそ十日も経（へ）ずして、おも代は太田備中（びっちゅう）の守（かみ）・資愛（すけよし）の息女・正子の侍女として、掛川藩江戸上屋敷に上がることとなった。

正子とおも代

掛川藩主・太田備中守資愛の江戸上屋敷は、麹町の高台にあった。資愛の息女・正子の居室の前には、湧水のある豊かな庭園が広がっていて、その東端からは祖先・太田道灌が築城したと言う江戸城の桜田門が、ほとんど目と鼻の先であった。

おも代が掛川藩の上屋敷に上がったその日は、ここ四、五日も続いた穏やかな日和で、池の水面の光がやわらかく正子の居間に揺らいでいた。

局の中老たちから、大まかな日課の説明を受けて間もなく、いよいよおも代は正子の居間に導かれた。案内の中老が広い廊下に跪き挨拶すると、中から、

「お入り」

と一言、おっとりとした声が響いた。おも代は頭を垂れたまま、しずしずと部屋に入ると、さすがに緊張で体が震えた。中老に挨拶を促されて、おも代はハッと我に返った。

「掛川藩家士・古屋教長の娘、おも代と申します。このたびは畏れ多くも、この

端女を姫君様の侍女としてお抱え下さり、真に恐縮の至りでございます。おも代、命を懸けてご奉公させていただきます。何とぞ、よろしくお願い申し上げます」

おも代は、自分でも驚くほど心を込めて、きっぱりと挨拶した。

「おも代、こちらこそよろしく頼みますよ。まあ、そんなに固くならずに、面を上げなされ。おも代、面を上げて、わたしにそなたの顔をしかと見せておくれ」

「恐れ入りましてございます」

おも代は、静かに顔を上げると、真っ直ぐに正子の目を見詰めた。正子もまた、おも代を凝視した。暫くは、えも言われぬ緊迫した沈黙が続き、やがて二人は互いに不思議な感動にとらわれて行った。それぞれの胸の深い所で、何か大切なものが一つになって行くような気がしたのだ。

この時また何故か一瞬、おも代の脳裏を叔父・長守の言葉が過った。

「人間は、一生に一度か二度だけは、己にとってかけがえのない人物に巡り会う」

〝この姫様こそ、正しくそのお方！〟

おも代はそう確信し、改めて姫様に命を預ける決意を、しっかと自らに誓った。

正子はただただ、おも代が側に来てくれた喜びで、胸が一杯であった。

〝この娘なら、何事でも話すことができる。何の躊躇もいらぬ。わが凡てを、そのままさらけ出すことができる！〟

何故そう思えたのか、確信できたのか…正子にも分からなかった。ただ誰にも、どの侍女に対しても、決して心を開かなかった自分が今、おも代に会った瞬間から心が安らぎ、何の疑いもなく、そう確信したのである。

さてその翌朝早く、おも代は掛川藩主・太田資愛の呼び出しを受けた。突然の、そして藩主直々のお呼びとあって、当然おも代も驚いたが、指導係の中老の慌てぶりは、むしろ滑稽な程であった。

「おも代、そなた姫様に、何ぞご無礼な振る舞いはなかったかえ？気に障られるようなことは言わなんだかえ？」

おも代は、静かに首を振った。おも代はただ〝何があってもいい。この身は姫様のもの〟と、もう一度確かめると、思いのほか心静かに藩主・資愛の前にひれ伏した。

「おも代とやら、突然呼び出してかたじけない。無論、話は正子のことじゃ。正子は昨日其方(そなた)が来た途端に、まるで人が変わったように朗(ほが)らかになり、見る見る生気を取り戻した。正子はおも代の来たことを、ことのほか喜んでおる。これには余も、心から驚いておる。正子は何かと難しい性格ではあるが、余はあの純情さ、一途(いちず)さがまた長所でもあると心得ておる。おも代、これからはより一層、正子の力になってくれ！真(まこと)をつくして正子を助け、励ましてやってほしいのだ」

「お殿様、何とありがたくも勿体ないお言葉！この端女(はしため)、身に余る光栄に存じます。おも代、この一身にかけて、姫様にお仕えさせていただく覚悟です」

優しく頷きながら、資愛が続けた。

「其方(そなた)の祖父、家老・孝長殿には、真に無理を申してしまった。おも代はもとより、其方の両親も、まだ十五を過ぎたばかりの一粒種を奉公に出すのは、如何にもつらかったであろう。おも代、赦せ！其方のことは、先々(さきざき)悪いようにはしないつもりだ。ここのところはとにもかくにも、正子のことを頼む、しかと頼むぞ、おも代！」

殿からの直々の、たってのお言葉…おも代は、まるであり得ないような夢心地で、藩主・資愛の言葉を必死で受け止めていた。

殿の御前(ごぜん)を退出したおも代は、そのまま自室に戻り、しばし殿の信頼を受けた喜びと、それにも勝る責任の重大さを改めて噛み締めた。ようやく心の静まりを取り戻した頃、姫君・正子からのお呼びが掛かった。おも代は全身に力のみなぎる想いで、正子の居間に入った。

「今朝(けさ)は早々に、殿からお呼びがあったとのこと…何ぞ大事なご用でもありましたか？」

「ハイ、くれぐれも正子様をよろしく、とのことでございました」

「まあ父上は、また改まってそんなことを…」

正子は口元に指先を当てて、うれしそうに微笑(ほほえ)んだ。

「いえ、お殿様は心の底から姫様のことを想っておられます！おも代には、お殿様のお気持ちが直(じか)に伝わって来て、深い感銘を受けました」

「まあまあ、そなたまでがそんなことを…まあ、それはそれとして、おも代、わたしこそよろしく頼みますよ。わたしはおも代を、ずっと以前から知っているような気がしてならないのです。おも代が昨日この屋敷に来た時から、そなたの艶のある声を初めて聞いた時から、そしておも代の顔を間近に見た時から、もう他人とは思えないのです」

「姫様、何という勿体ないことを！おも代は何の取り柄もない、単なる端女、どうかそのようなお言葉はご容赦くださいませ」

「そんな遠慮など、どうでもよろしい。おも代、これからはでき得る限りわたしの側に居て、わたしの真の話し相手になっておくれ。何事も気兼ねせずに、そのまま、ありのままを話しておくれ」

語気を強めて迫る正子の瞳が、心なしか潤んで見えた。おも代は、身の引き締まるような緊張感を覆うかのように、次第に不思議な幸福感に包まれて行った。

その後正子は定例の茶の湯を嗜んだ後で、おも代を前に徐に語り始めた。

「実は、わたしがおも代を初めて見たのは、去年この屋敷で執り行われた桜祭りの時だったのです。あの時、おも代が皆の前で舞を披露したのは覚えていますか？」

「ハイ、真にお恥ずかしゅうことでございました」

「いいえ、それはわたしにとって、生涯忘れがたいほどの優雅な舞…そこには、これまで見たものとはまるで違った、凛とした優しさ、何者にも媚びない気品がありました。真にそれはそれは、心豊かな舞でしたよ。

実はあの時、側に居た中老たちが、

〝あの女が家老・孝長様の孫娘で、不思議な舞をなさる方…〟

と話しているのを、ふと耳にしたのです。見るとそれが、おも代でした。そこへたまたま家老の孝長様が来られたので、即刻わたしがおも代の舞を所望したのです。あの時何故に、突然あれほど懸命にそなたの舞を願ったのか、わたしにも分からないくらいです。おも代は一体どなたから、あのような不思議な舞を教わったのですか？」

「畏れ入りましてございます。特に教わったという程のことでもございませんが、幼少の頃、上方より参った京舞の師匠に、少々手ほどきを受けただけにございます。後は折々に、気の向くまま体の流れるままに、ひとり舞を楽しんで参りました」

「だからこそこれは〝おも代の舞〟そのもの…己が道を楽しみつつ、精一杯舞うからこそ、見る者も気が楽になり、心穏やかになる。いえそれ以上に、その舞を見る者には自ずから、おも代の真っ直ぐな、ひとすじの人となりが見えて来るのでしょう」

「いえ、いえ、おも代はただ何事も考えずに、無心に舞っているのみ。後は心と体が、ひとりでに舞ってくれるのです。他人様が見ておられようとも、おられなくとも、また例えそれが如何に稚拙なものであろうとも、おも代はただ心静かに、無心に舞っているだけにございます」

「おも代、わたしが求めていたのは、正にそのような世界…何ものにも惑わされぬ人としてあるべき姿、真の生き方なのです！」

正子は思わずおも代ににじり寄り、両手でその手を握り締めながら、一言一言噛み締めるようにして言った。

「おも代、わたしの所に来てくれて、心底ありがたく思います！わたしは生涯いつまでも、そなたを大切にするつもりです」

おも代が確と見上げる正子の顔が潤んで、次第にぼやけて行った。

それから二月（ふたつき）余り過ぎると、江戸の辺（あた）りも長い梅雨（つゆ）に入った。連日地雨（じあめ）の降り続くうっとうしい季節に入っても、正子は一時（いっとき）たりとも、おも代を離そうとはしなかった。いえ、うっとうしいからこそ尚更、正子はおも代との語らいを唯一の楽しみにしていたのかも知れない。そしておも代もまた、昼も夜も正子を離れず、心を尽くし、誠意（まこと）をつくして姫に仕えた。

珍しく小糠雨（こぬかあめ）となったある日の午後、正子はいつものように自室におも代を呼び寄せると、いつになく改まった口調で言った。

「今日はどうしてもおも代に、わたしの今一番の悩みを聞いてほしいのです。これは未だ誰にも口外したことのない、わたし自身の心の憂いです。聞いてくれますか、おも代！」

「畏れ多くも、姫様のそのように大切なお悩みなど、おも代には身に余りますが、お心とあらばどうぞおっしゃってください。おも代はただただ、一生懸命に拝聴させていただきます」

「よくぞ言ってくれました。おも代、実はそれは…わたしの母上のことなのです。

わたしはこれまで、二十歳の若さで他界された殿の正室〝於りゅう〟様の娘として育てられて参りましたが、実はわたしは正室の娘ではないのです。わたしの実の母上は、第三側室の〝於さえ〟です。初めての女子誕生とあってか、殿はわたしを殊のほか可愛がってくださり、子宝のなかった於りゅう様が病床に伏された折、当時五歳のわたしを特に正室・於りゅう様の娘として育てられたのです。

しかし実母・於さえは、於りゅう様亡き後も側室のまま。その後も正室の娘となったわたしに遠慮なされてか、殿がわたしを大切にすればするほど、わたしには身を隠すようにして、なかなか会おうともしてくださらないのです。

おも代、幼い頃からの、わたしの寂しさ、悲しさを察してくれますか?それとも、そのような悩みはむしろ贅沢で、取るに足らぬことと考えますか?」

「いいえ、贅沢などとはとんでもございません！　年端も行かぬ五歳にして、突然母君と事実上引き離されては、幼心にどれほどご心労なされたことか！　おも代、衷心よりご同情申し上げます」

「その気持ち、嬉しく思います。恥ずかしながらわたしは今だに、母上のどこかよそよそしい態度や仕草を見るにつけ、心底暗い気持ちになってしまうのです。おも代、これはわたしの勝手な想い過ごしでしょうか？」

「いいえ、想い過ごしと言うよりは、現に姫様の悲しい想いは真なのですから、そこには何らかのわだかまりがあるはず…本来、人の幸不幸は凡て心のことと存じますので、姫様がご自分の悩みをどう捉えるか、どう解されるかが肝要なことと思います」

「それならわたしは、一体どうすればいいのですか？」

「ハイ、真に勝手なことを申し上げさせていただければ、姫様の母君は姫様のためを心底想う故にこそ、敢てそのような振る舞いに出られているものと信じます。姫様としては、これまで以上に母君を信じて、ただただ、ご安心なさっておられればよろしいかと存じます」

「母上を信じて、ただ安心している…うん、おも代、よく分からぬが、そう考えると何故か気持ちが少々楽になるような気が致すが…安心して、母上を信じておればいい、と申すのじゃな」

「ハイ、ただ穏やかに母上様の愛を信じて、幼子のようにその愛にお任せしておればよろしいかと存じます」

「しかし、もし母上にわたしを想うお気持ちなどなかったとしたら、どうなるのじゃ？それでもおも代は“母上を信じよ”と申すのかえ？」

「ハイ、おも代は本来、人様に対しては全幅（ぜんぷく）の信頼をもって接すべきもの、と考えております。たとえ万が一、その信頼が裏切られたとしても、信頼そのものの真価は変わらぬものと信じます」

「その信頼が裏切られても、おも代は良いと申すのか？それでもおも代の心は傷つかぬのか？」

「そのような時は、やはり悲しゅうございますが、それは信頼そのものが間違っていたわけではなく、相手様にいろいろとご事情がおありだったのかも知れません。そしておも代は、もしそれを悲しむ暇（いとま）があったならば、むしろその方のために祈るよう、努めて参りました」

正子は大きく溜め息をつくと、改めてまじまじとおも代の澄んだ瞳を見詰め直した。

「おも代、あなたというお女（ひと）は！」

正子は思わずおも代の手を引き寄せ、固く握り締めた。

いつの間にか小糠雨も上がり、久方ぶりに西寄りの小窓から淡い光が差し込んでいた。

それから一年余…正子に縁談が持ち上がったのは、朝な夕なに心地よい秋風の吹き始めた頃であった。

ことの初めは、掛川藩主・太田備中守資愛が、当時白川藩主に就任したばかりの松平定信と、江戸城内にて会見した時のことであった。資愛が藩政に絡む二、三の要件を済ませると、定信はふと思い出したように切り出した。

「そうそう、聞くところによると、資愛殿には才色兼備の妙齢の姫がおられるとのことですが…」

「ハッ? いやいや、いかにも娘は一人おりますが、才にも色にも縁のない、ただの女子にてございます」

「ま、そう謙遜せずとも良いではありませんか。実は、是非その姫に紹介したき好青年がおるのですが…。それとも姫はすでに、どこぞ嫁ぎ先でも決まっておられますかな？」

「いえいえ、娘は未だ子供故、婚姻のことなどまるで考えたこともございません」

「それは何より。何せ掛川藩・太田家は、この江戸城を築かれた名将・太田道灌の系譜という、名門中の名門。片や相手方は、家康様にその人となりを直に認められ、そのまま取り立てられたという筋金入りの血筋…土浦藩主・土屋泰直殿ですぞ。拙者は以前、ある歌会が取り持つご縁で土浦藩の〝桜祭り〟に招かれて以来、この泰直も幼少の頃よりよく存じております。真に竹を割ったような正義漢で、拙者も殊の外目をかけて参りました。どうです、資愛殿！一つこの話に乗ってみてはくれまいか？」

資愛は、改めて襟を正して答えた。

「八代将軍・徳川吉宗様のお孫様であられる松平定信様直々の、光栄極まるご縁談。資愛、衷心より感謝申し上げます。ただ当方といたしましては、本日直ちにこのご縁談を持ち帰り、とにもかくにも本人並びに家族ともども図った上で、至急ご返答申し上げたいと存じます」

「ま、そう急がずともよろしいが、期待しておりますぞ、目出度きご返答を。ただ、いずれにせよ、この話が定信より出たことは色々と事情もこれあり、他言は無用としていただきたい。土屋家、太田家双方の話が纏まれば、媒酌人などしかるべき段取りは、全てこの定信が手配致す所存です。資愛殿、どうかよろしくお頼み申す」

定信も、丁重に頭を下げた。

「は、有難きご縁談…誠意をもって検討させていただきます」

この頃松平定信は、後に老中筆頭の座を射止めるものの、〝田沼意次と一橋治済らの策謀により、将軍後継候補の座より、遠く白河藩主に追いやられた〟と噂されていた。しかし後継の座が遠退いたとは言え、将軍直系である御三卿・田安宗武の七男であり、八代将軍・吉宗の孫であることに違いはない。資愛は、降って湧いたような縁談に驚きつつも、何やら一種抗い難い不安と焦燥の念を禁じ得なかった。

それから五日後、この縁談は双方とも順調に纏まり、媒酌人は定信の同志・

・加納遠江守久周（かのうとおとうのかみひさのり）と決定。結納（ゆいのう）や式の日取りなど、具体的な段取りも見る見るうちに決まって行った。ただ、泰直たっての希望で式はごく内輪（うちわ）で、でき得る限り質素に、式場も土浦藩・江戸上屋敷の通常の広間で執（と）り行われることとなった。

能登守泰直

土屋能登守泰直は、明和五年（一七六八年）三月十三日、土浦藩第四代藩主・土屋篤直の二男として生まれた。泰直は安永六年（一七七七年）、異母兄で第五代藩主・寿直の急死で急遽その養子となり、九歳にして土屋家六代目の藩主を継いだ。

そもそも土屋家は戦国時代、武田信玄に仕えた有力な武将であったが、武田家没落後、その遺児である男児一人が密かにある寺に引き取られ、育てられた。

あるとき狩の帰りに、たまたまこの寺に立ち寄った徳川家康は、茶を進呈したこの男児の毅然とした立ち居振る舞いにいたく心を動かされ、

〝秀た人物には、敵も見方もない〟

として、追って二代目・秀忠の近習に取り立て、後に譜代大名とした。

また二代目・譜代大名となった土屋政直は、大阪城代、京都所司代、さらには老中へと出世を続け、赤穂浪士四十七士のいわゆる〝情理の沙汰〟にも、深く関わった

と言われる。泰直が十一歳になると、大給松平和泉守乗完の娘・八十子と婚約したが、八十子は婚約成立後間もなく死亡している。その死因は不明だが、思春期を迎えたばかりの泰直にとって、この幼い婚約者の急逝が、少なからぬ心の衝撃、ないし痛手となったことは容易に想像される。

泰直は天明三年（一七八三年）十二月十八日、十五歳にして従五位下・能登守に叙位・任官した。

明けて天明四年十二月十一日、十六歳となった泰直は、掛川藩主・太田備中守資愛の長女・正子（於正）を正室として迎える運びとなった。

譜代大名・太田家史料「資愛公記」には、次のような記載がある。

「天明四年（一七八四年）十二月十一日、御姫様（正子）へ土屋能登守様（泰直）より朝六時過ぎ、御結納、御出来。午の刻（正午）、御姫様御出輿にて御引越し。御婚姻御首尾良く整われ候」

かく記されためでたき婚姻の成立は、後の泰直・正子・おも代をめぐる悲劇的事件へと繋がって行くのである。

婚礼での〝出会い〟

天明四年（一七八四年）十二月十一日の昼下がり、江戸は神田小川町にある土浦藩上屋敷では、弱冠十六歳の藩主・土屋能登守泰直の婚礼の儀が、媒酌人・遠江（今の静岡県西部）守 加納久周のもと、質素ながらも極めて厳かな雰囲気の中で執り行われた。取り分けこの日は、小春日和としても珍しい程の温かな陽射しが、終始緊張感の張り詰めた広間に、やわらかく照り返していた。

泰直が、同じ十六歳の正室となる正子を見たのは、この日が初めてであった。婚礼が行われる広間へ続く廊下で偶然すれ違った時、泰直に気づいた正子は一瞬ハッとして、静かに頭を下げた。その驚いた表情と恥じらいの仕草に、泰直は思わず胸を熱くした。泰直が軽く会釈して過ぎようとした時、正子の後ろにかしこまっている一人の侍女に気づいた。チラリと目に入ったその横顔が、誰か懐かしい人に似ているような気がしたが、その時それが誰かは想い出せなかった。

婚礼の儀が滞りなく終わって宴席に向かう途中で、正子に従うあの侍女の顔が再び目に留まった時、泰直は心中思わず〝アッ！〟と叫んだ。その女は紛れもなく、十一歳の泰直が婚約後間もなく急逝した〝八十子〟の面影そのものだったのである。八十子は三河西尾（大給）藩主・松平和泉守乗完の娘で当時泰直と同じ十一歳。幼い泰直と八十子は、藩も江戸上屋敷も共に近いこともあって、以前から藩主ともども互いに行き来していた。同い年でありながらも何事につけ賢く、しっかり者の八十子は、当時の泰直にとって婚約者というよりは、むしろ姉のような、また母親のような頼もしい存在だった。

八十子が亡くなったと知らされた時、泰直の衝撃は事のほか大きかった。そしてその時になって、実は八十子が自分の中でいつの間にか淡い〝恋人〟になっていたことに、初めて気づいた。泰直は子ども心にも、八十子の一途さ、純粋さ、そして優しさを改めて噛み締めた。八十子の死因は流行り病と聞かされたが、詳しい事情については、何度問い質しても、何故かみな一様に口をつぐんだ。

間もなく正室・正子の侍女の名は〝おも代〟と分かったが、その後泰直の新妻・正子への想いが次第に深まって行くにつれ、おも代の存在は泰直の胸中からほとんど消え去っていた。

〝桜祭り〟

それから三年…泰直がおも代の存在を初めて明確に認識したのは、その年の〝桜祭り〟の時だった。土浦藩上屋敷では財政逼迫（ひっぱく）のさ中でも、毎年桜の季節には、ささやかながらも花見の宴（うたげ）を設けることだけは、代々固守して来た。その年も、上野の山切っての桜の名所に宴席を設け、藩主・泰直、正室・正子をはじめ家老や中老など、藩の重職、縁者たちが集まって、それぞれに一句詠（よ）みなどしながら、桜と酒肴を楽しんだ。

宴もたけなわとなった頃、突然上機嫌の泰直が叫んだ。

「誰か舞を舞う者はおらんか?余のために桜の舞を舞う者はおらんか?」

一瞬、宴席が静まり返った。しかし藩主の突然の申し出に、家臣たちはみな互いに顔を見合わせるばかり。泰直が、

「如何（いかが）いたした、誰もおらんのか?」

と重ねて促した時、側に仕えていた正子がそっとささやいた。

「お殿様、わたしの侍女・おも代の舞ではいけませぬか？わたくし、前にも何度か見ておりますが、それはなかなかのものでございますよ」

泰直は〝何？おも代？〟と聞き返したが、直ぐその名を思い出して言った。

「おも代でも誰でもよい。直ぐ様舞うがよい」

正子は急ぎおも代を呼び寄せ、その旨を言いつけたが、おも代は、

「真にもって畏れ多いこと！」

と、必死で辞退した。しかし正子の意志の固いことを咄嗟に受け止めるや、今度は静かに、しかし決然としてその命に従った。

「おも代や、衣装はそのままでよろしい。いつもの、あの〝吉野の桜〟を頼みますよ」

やがておも代は静々と、宴席より一段高めに作られた特設の舞台に上がり、しなやかに構えの姿勢を取った。脇に陣取ったお囃子から、流れるように琴が鳴り出すと、それに応えるような篠笛が、辺り一杯に朗々と響き渡った。

それは、正子が殿に推奨した以上に、見事な舞であった。何一つ着飾ってもいない

おも代の繊細、且つのびのびとした表情と身のこなしには、まるで頭上に咲き誇る満開の桜にも沢して、凛とした輝きがあった。

泰直は、見る見るその舞に引き込まれ、そして圧倒された。普段から舞にはさほど興味を示さなかった泰直ではあったが、その舞からは、それまで見たどの舞とも違った一筋の気品と、えも言われぬ色香が滲み出ていた。

泰直がおも代の舞を見つめているうちに、いつしかその姿は、幼くして逝った許嫁・八十子の姿と重なって行った。あの一途さ、純粋さ、そして凡てを包容するような温もり…あれ以来、泰直の中で昇華され、醸成されて来た八十子の面影が、いま目前に舞うおも代自身に生き生きと繋がった。

泰直はこの日、桜に酔い、酒に酔い、そしてそれ以上におも代の舞に酔った。泰直は思わず舞い終えたおも代を呼び寄せ、賞賛の一言をかけると、おも代は、

「真に畏れ入りましてございます」

と、ただただ恐縮してひれ伏した。

「ところで、そなた…年は幾つになるかな？」

「ハァ、はいっ。今年十八になります」

「ナニ、十八とな？それは、それは…余も正子も同い年、三人とも同い年じゃ！」

ほろ酔い機嫌の泰直は、豪快に笑った。

「滅相もございません！畏れ多くもお殿様、奥方様とお比べはできません」

必死で打ち消すその透明で艶のある声が、泰直の心の奥底を切なく揺さぶった。

それから一月ほども経ったある朝のこと、いつになく暗いうちから目を覚ました泰直は、洗面の後ひとり書斎にこもり、手作りの歌集に目を通していた。泰直は特に愛唱していた万葉の歌などを自ら書き写し、綴じ込みにしていたのだ。

その日も、最愛の歌の一つ、作者不明の切ない歌に目が留まった。

琴取れば　嘆き先立つ
けだしくも　琴の下びに　嬬や隠れる

（琴を手に取っただけで、まず溜め息が出てしまう。きっと琴の中には、亡くなった

妻が隠れているのだろう）

物心のついた頃から、何故か琴の音に強く心引かれた泰直…そう言えば、初めての許嫁・八十子は十を過ぎた頃から、師匠も驚くほどに目覚しく、琴の才能を示していた。泰直は三河西尾藩の上屋敷や土浦藩の宴席などで、八十子の琴を何度か聞いていた。そのしっとりとして優雅な響きは、幼い泰直の心を熱くし、未だに胸の奥底に絶えずこだましていた。

〝琴の下びに嬬や隠れる…〟

泰直にとって琴の音は、そのまま妖しくも可憐な八十子の面影へとつながっていた。文字通り、

〝琴の響きに八十子や隠れる…〟

であった。そしてあの花見の席での〝琴と舞〟…いつしか正子の侍女・おも代は、泰直の胸から消すに消せない存在となっていた。

泰直が万葉の歌から八十子、そしておも代へと想いをめぐらせていたその時、早朝の中庭の方でかすかな物音がした。それは、〃シャキッ、シャキッ〃という鋏を入れる微かな響き…泰直は文机の前にある小窓の障子をそっと開けてみた。すると、庭の奥に咲き誇る青紫のオダマキの群落に、鮮やかな深紅の衣…一心にオダマキの花を摘んでいた女が、ふと立ち上がり際に泰直の方へと振り返った。

泰直は、思わず息を止めた。それは今たまたま想いを馳せていたおも代、その女であった。おも代は、さわやかに引き締まった朝の光を全身に浴びて、まるで金色に輝いて見えた。泰直は、半ば引き寄せられるように縁側に出て庭草履を履くと、そっと中庭に下りた。

「おも代、朝も早うから精が出るのう」

更に奥に分け入って、ただひたすら花摘みに専念していたおも代は、その声に仰天した。

「これは、これは、何と…お殿様！申し訳ございません。お目を覚まさせてしまいました。どうかご容赦のほどを！」

おも代は、オダマキの中に跪き、震えながら平身低頭した。

「いや、いや、詫びるには及ばない。余は早くから起きておったのだ。それよりおも代は、何故こんなに早うから、これほど沢山の花を摘んでおるのだ？」

「ハイ。このオダマキは、奥方様の大好きなお花…人様から一歩下がって生きている様な〝直向きな花〟として、殊のほか愛でられているものでございます。おも代、今が一番のお見頃と察し、奥方様お目覚めの前に、お部屋中にお飾りする所存でございました」

「それは殊勝な心がけ。それにしてもそんなに腕一杯に抱えては…余がひとつ、その花を持ってつかわそう」

「いえ、とんでもないこと。それこそ余りに勿体のうございます！」

泰直は辞退するおも代を遮るように、さっとおも代に近づくと、その両腕を掴んで立ち上がらせ、静かにおも代を引き寄せた。一瞬、泰直とおも代の目がかち合い、泰直の胸に柔らかなおも代の温もりが伝わって来た。えも言われぬ感動が泰直の全身を貫き、自ずからも抗い難いほどの力で、おも代を抱きしめた。

「アッ、お殿様、いけませぬ！どうかお許しを…」

おも代の胸元から、オダマキの花がパラパラとこぼれ落ちた。

「お殿様、お許しください。不束者（ふつつかもの）をどうかお許しください！」

おも代は、必死で泰直の胸をすり抜けると、足早に木戸口の方へ走り去った。

泰直はその場に立ちすくんだまま、ただ呆然として、無残に散らばったオダマキの花に目を落としていた。かすかに残るおも代の甘い香りが、さらに激しく、泰直の胸をかきむしった。

泰直の政と寛政の改革

天命七年（一七八七年）、十一代将軍・徳川家斉の治世、弱冠二十八歳にして老中・首座に任ぜられた白河藩主・松平定信は、幕府財政の建て直しをはじめ、時代の風潮ともなっていた賄賂の根絶、さらには農政不在による農村の荒廃を救済するために、いわゆる〝寛政の改革〟を断行した。

八代将軍・徳川吉宗の孫にあたる定信は、天命三年（一七八三年）白河藩主となるや、未曾有の飢饉で崩壊に瀕していた藩財政を見事に建て直すなどして〝名君〟と称された。そんな実績もあって、賄賂臭芬芬との噂も高い老中・田沼意次を失脚させ、その後を継いだ定信ではあったが、余りに強引に事を断行しようとする若き改革者周辺には、前体制派を中心とした根強い抵抗勢力が渦巻いていた。

時に、土浦藩主・土屋能登守泰直は、天命六年（一七八六年）、松平定信が老中首座に就く一年前、十九歳にして幕府の要職・奏者番に任命された。奏者番は代々、城主の格式ある譜代大名が務める建前で、大名や旗本が将軍に謁見する際、姓名や進物を披露し、下賜物を伝達する取次ぎ役である。

定信は老中に就任するや、以前から目を懸け、縁談をもまとめたこの若き奏者番・泰直を以前にも増して重用し、直面する案件や山積する諸問題について何かと意見を求めたりしていた。また政の具体的な段取りや対処の仕方、つまりその折々に見合った根回しなどについても、微に入り細にわたって指導するといった熱の入れようであった。

こうした定信の好意に泰直は、身に余る感謝の念を禁じ得なかったものの、定信の物の見方考え方の根底に、ある種の微妙な違和感をも感じ取っていた。

おも代を思わず抱きしめたあの朝から、はや三月…。おも代は泰直の前には、ほとんどその姿を見せなくなっていた。泰直が正子に会う時には、他の侍女がお供をしているし、時たま見かけても、おも代は逃げるように足早に姿を消した。

正子に〝近頃おも代を見かけぬが…〟と何気なく訊ねると、正子は〝このところおも代の体調が優れず、少々休ませております〟と、心配げに溜め息をついた。

〝あの朝のことを、正子はまだ気づいていない〟と、泰直は直感した。

その後間もなく、泰直は、天命三年（一七八三年）から翌年にかけての大凶作、いわゆる〝天命の飢饉〟への対策に忙殺されて行った。それは、典型的な北東風（やませ）による冷害が原因で、被害はおおむね陸奥国（むつのくに）（東北地方）一帯に限られたが、泰直の常陸国（土浦藩）にも少なからぬ影響を及ぼしていた。当時の餓死者は、弘前、盛岡、仙台、相馬の各藩を中心に三十万人を下らないものと推定されている。

この間、泰直は、藩内の食糧調達に万全を期す一方で、藩の労働力確保のための人口増加対策から、養蚕、養鶏や山林の手入れに至る副業対策まで、事細かな指導を入念に行っている。さらに生来、争いを好まぬ泰直の政治は、村々のあらゆる諍い（いさかい）を未然に防ぐための、細やかな予防策にまで及んで行った。

そしてその後、天命六年七月、足掛け四年に亘（わた）って続いた大飢饉に加え、泰直の領地に止（とど）めを刺すように襲ったのは、未曾有の〝大洪水〟であった。

滝の如く、際限なく降り続いた豪雨は、またたく間に霞ケ浦の水を逆流させ、一帯の村々は完全に水没した。特に利根川沿いに位置する谷原(やわら)地区の被害は甚大で、運良く九死に一生を得た領民たちも、またもや過酷な食糧不足に襲われ、餓死寸前の状況に追い込まれて行った。

この一報を聞くや、泰直は直ちに被災地に赴き、自ら直接指揮を取ろうとしたが、この主君の勇気ある決意は、側近たちの猛反対に会った。〝殿の身を案ずる〟重職たちの気持ちはありがたくとも、泰直は今この時に苦しむ領民たちを想うと、気が気ではなかった。

その日の夕暮れ、泰直は改めて領地の地図を詳細に調べてから、悶々とした面持ちで書斎を出、廊下を曲がった時、思いもよらずバッタリと、おも代に出会った。久しぶりに真正面から直視したおも代は、ほの暗い暮色の中でひときわしっとりと、成熟して見えた。おも代はハッとして目を見張ったまま、

「これはお殿様、ご無礼をば致しました！」

と詫びながら、逃げるように立ち去ろうとしたが、すかさず泰直が声を掛けた。

「おも代！、体調が優れないと聞いたが、その後の具合は如何かな？」

「ハッ？ハイ！真に勿体ないお言葉。お陰様にて大分回復いたし、元気にしております」

「そうか、それは何よりであった。ところでつかぬ事を聞くが、おも代は今回の土浦藩災害の件は聞いておるか？」

「ハイ、大変な洪水とのこと、ただただ心を痛めております」

「そうか、知っておったか…。余はすぐにも領地へ飛んで、直接復興の指揮を取らんと思うが、そなたはどう考えるか？」

「〝どう考える？〟と申されましても、おも代の如き端女が、その様な大それた意見を述べる筋合いにはございません」

「筋合いでも端女でも、そんな事はどうでもよい。余はただ、おも代、其方の意見を聞いておるのじゃ」

「お殿様、どうかお赦しを！」

「ならぬ！おも代、余はすぐにも領地へ行くべきか、それともこのまま江戸に留まっておるべきか？　正直に申してみよ！」

おも代はしばし頭を垂れ、目を閉じてから、静かに、しかし敢然とした口調で言い切った。

「それでは、お殿様のたってのご命令と心得、畏れながら申し上げます。おも代は、御自らの危うきをも顧みず、領地へ駆けつけ、村民を救わんとするお殿様のお志に、全幅の信頼をお寄せいたします。かくも人倫の大道に適うご主君様にお使えできる幸せを、この端女、何ものにも変えがたき誇りに存じます！」

泰直は、簡潔で意のあるおも代の一言に暫し言葉を失い、呆然としておも代を見つめた。そしておも代という女の一途さと潔さ、奥の深さに、改めて驚嘆した。重職の凡ては泰直の領地行きには猛反対。正室・正子でさえ、ただただ泰直の身を案じるばかりで、芯からこれを支持したのは、これまでおも代一人だけだった。

泰直はおも代のこの一言で、あらゆる反対を押し切って、被災地行きを断行した。

夜を徹して救援準備を続けた翌早朝、泰直を長とする総勢八十余名の先発救援隊は、神田小川町の上屋敷から一途土浦を目指して出発した。しかし一行が江戸を抜け、松戸を過ぎた辺りから、大小の河川はかなり水かさを増し、いたるところで橋も浅瀬も寸断されていた。気がつけば日も暮れかかり、泰直は無念ながら、柏近くの藩の定宿に泊まらざるを得なかった。

明けて翌早朝、暗いうちに宿を出立した一行は、ようやく利根川の渡し・船戸に到着。しかし、辺りの様相は一変…そのほとんどが水没していた。泰直は未だ断片的に降りしきる雨の中を、泥にまみれながらも近くの小高い丘に登った。遠く土浦方面を見渡すと、その凡てが赤茶けた泥の海と化し、ただ手前に見えるどす黒く暴れる急流だけが、かすかに利根川本流の位置を示していた。

一時は水の引くまで待機しようとも考えたが、重臣たちの反対に遭うまでもなく、泰直は止むなく救援をあきらめ、そのまま引き返さざるを得なかった。

江戸への帰路、あの荒涼とした泥の海原が、泰直の脳裏からいつまでも離れなかった。時折、重臣たちの対応や視線が、心なしかよそよそしく、冷ややかに感じられた。そんな時ふと、おも代のあの真っ直ぐに見詰めた瞳が泰直の脳裏を過り、疲れ切った心身を和らげた。

江戸上屋敷に戻った翌々日、江戸城に登った泰直は、奏者番としての所用を果たした後、老中首座の松平定信に急遽面会を求めた。就任早々から改革を断行する、実行力に長けた若き改革者・松平定信は、どこか不可解な点はあるものの、やはり泰直の憧れの的であり、また兄のようにも慕っていた。定信もまた、そうした泰直の想いが通じてか、泰直を数少ない腹心の一人と認めていた。

久しぶりに会った定信は血色も良く、いたく上機嫌であった。

「やあ、達者であったか、泰直!今日はまた突然、何とした?いよいよお主にそっくりな赤児でも出来おったか?」

泰直を覗き込むようにそう言うと、定信は豪快に笑った。

「いや、実はその…」

「うんうん、分かっておる。このたびの災害はさぞや無念のこと、泰直、心底見舞いを申すぞ」

「ハッ、真にありがたきお言葉!」

「それにしても弱きを助くる風潮の甚だ希薄なこの時代に、藩主自らが直ちに先頭に立ち、救援に向かったことは極めて意義深い。その上、勇気を持って引き返したこともまた、天晴(あっぱ)れな決断であった」

泰直は、かねて噂(うわさ)に聞いていた定信の情報収集力の確かさときめの細かさに、改めて舌を巻いた。

「実はご老中、その件でございますが、以前から泰直、土浦にはその地理形状からしても、〝大規模な堤防の建設こそ必須〟と考えておりましたが、しかしこれはどう見ても、一小藩の手に負える事業ではございません。何とぞ一刻も早く、国家百年の計としてご検討いただけますよう！」

「うん、存じておる。堤防の問題は諸国に山積しておるが、霞ヶ浦一帯は今回の災害を見るまでもなく、正に〝焦眉の急〟のこと…一刻の猶予もない事案である。しかるべき関係者を集め、早急に検討したい」

「ハッ、何とぞ良きお取り計らい方、よろしくお願い申し上げます。さてご老中、実はもう一つお願いがございます」

「ナニ、もう一つとな?·泰直も若さに似合わず、注文の多い御仁(ごじん)じゃのう」

「恐れ入ります。それは他でもない、今回の被災地救済の件でございますが、利根川沿いの一帯、特に谷原地区では、すでに大勢の餓死者を出しております。ついては泰直、目下被災地へ飯米を送るべく検討して参りましたが、主な街道・橋梁はいたるところで寸断されておるため、陸路からの輸送は極めて難しく、結局、江戸から鬼怒川に至る水路を通じて輸送すべきとの結論に達しました。つきましては、そのためのしかるべき幾艘かの伝馬船と、土地勘のある船頭等の手配を賜りたく、何とぞご協力のほどを！」

「ふーん、鬼怒川を通じてな…うん、それはなかなかの発意やもしれぬ。いろいろ困難なこともあろうが泰直、これは一つやってみるか！加えて当方からも、でき得る限りの食料物資を供与して使わそう。それにしても泰直、そちの対応もなかなかの見識、いつの間にか一角の藩主になったのう」

定信は目を細めて、何度も頷いた。

老中の前にひれ伏した泰直は、胸の奥から込み上げてくる熱いものを、懸命に噛み締めていた。

それは、あの大洪水から四、五ヶ月程も経った、秋の夕暮れのことであった。領地内の河川の修復や堤防の応急補強も一段落し、加えて被災地への三度の食糧輸送も思いのほか順調に進み、藩の迅速な措置に対する領民たちの評価と感謝の念は、いやが上にも高まっていた。

泰直は雑事を処理してから、久しぶりに安らいだ気分で、独り書斎にくつろいでいた。半開きの障子から心地よい微風が面を撫でる中、ふと見上げると庭一面に咲き誇る白菊の群落が目に留まった。一瞬、その向こうに白菊を手折るおも代の姿を見たような気がして、泰直はハッと我に返った。

〝おも代、おも代に会いたい！おも代は如何しておる！〟

暫し心の深遠に潜んでいたおも代への想いが、突然、一気に疼きはじめた。泰直は半ば憑かれたように御付の者を呼び、至急おも代に部屋に参上するよう命じた。

待ちかねて再度お付の者を呼ぼうとした時、ようやく廊下に人の気配を感じた。

「奥方様は所用にてご不在のため、不束ではありますが、おも代が参上つかまつりました。この端女でもよろしゅうございますでしょうか？」

「正子はいいのだ。余はそちに用があって呼んだのだ！さあ、早よう部屋へ上がれ」

静かに障子が開き、緊張のためか、やや青ざめたおも代が、そっと入って来た。

「おも代、その後其方の体調は如何かのう？長く姿を見せないでおったので、心配しておったぞ」

「はあ、有難う存じます！お陰様にて、すっかり回復いたしました。ご心配いただき、真に感謝に耐えません」

「そうか、それは何よりであった。まあ、今後とも努めて養生するがよい」

ここで泰直は人払いをした後、おもむろに居住まいを正すと、決然として言い放った。

「おも代、余の側室になってくれ！」

「ハッ？…」

ひれ伏していたおも代は、静かに頭を上げ、呆然として泰直を見上げた。

「殿、畏れ入りますが、いま何と仰せられましたでしょうか？」

「〝余の側室になってくれ〟、と申したのじゃ！」

おも代は、いよいよ頭の中が真っ白になり、体の震えが止まらなくなった。眼前の光景が、夢現のようであった。

「おも代！余はもともと、側室は持たないつもりでおった。徳川家斉様は側室四十人余りも抱えておられるが、そこには将軍家の世継ぎ、後継ぎの問題もある。小藩主の余にはそれほどの力量もなければ、財力もない。いや、それよりも余は、多くの女を抱えるよりは、一人の女を深く愛する方が性に合っていると思うていた。

しかし、おも代、其方に会うてからは、この考えが土台から変わってしまった。余は勿論、正子を愛しておるが、おも代をも愛してしまった。余は其方がいないと切なくて、苦しゅうて、やり切れぬ。おも代、頼む、快く余の側室になってくれ！」

「殿、どうか、どうかお赦しを！おも代が殿の側室となれば、敬愛する奥方様を裏切ることになります。奥方様が、どれほどお悲しみになられることか！おも代は、奥方様に合わす顔がなくなります」

泰直は、哀願するおも代の目を凝視しながら、声高に宣言した。

「おも代、赦せ！其方が何と言おうと、これはすでに余の存分にて決したこと。よいか、其方を余の側室とする！」

おも代の全身に戦慄が貫き、ただただ身を固くして泰直の前にひれ伏すしかなかった。こみ上げて来る無念の想いを堪（こら）えるように、おも代はしっかと目をつぶった。

かくして泰直の正室・正子の侍女おも代は、家老・西川源次郎の手配により、取り急ぎ必要な手続きを済ませた上、上屋敷裏の離れに改めて土浦藩主・土屋泰直の側室として暮らすこととなった。

いつしか冷たく乾いた木枯らしが、庭の落ち葉を舞い上げる季節となっていた。

一期一会

泰直がおも代を側室にしてから、早や二年余の歳月が流れた。初めての側室を抱えて以来、泰直はそれまで以上の誠意と熱意をもって、藩主としての務めはもとより、幕府の要職にも一層真剣に励んで行った。特に、老中・松平定信が一気に進める寛政の改革には、その側近としてますます重要な任務を担うようになっていた。こうした状況もあってか、時が経つほどに泰直は正子の側にはほとんど寄りつかず、大方の日々をおも代のもとで暮らすようになっていた。

泰直がおも代を側室とした翌春には、恒例の桜祭りに正子は体調不良を理由に参列しなかったが、その翌年の祭りには健やかな面持ちで、つつましく泰直の側に仕えた。しかしおも代の方は側室となって以来、泰直が如何に熱心に勧めても、桜祭りはおろか一切の行事にその姿を見せようとはしなかった。

また正子とおも代も、傍目には互いに相手を避けているかのように見えた。たまたま屋敷の廊下や庭先ですれ違っても、おも代は深く頭を垂れ、身を固くしてただただ涙ぐむばかり。そんなおも代を正子はいつも静かに見遣りながら、軽く会釈して通り過ぎるのだった。

一方、土浦藩の重鎮たちは、藩主が初めての側室を迎えたことで当初、跡取り誕生を期待して喜んだが、何故かその兆候はおも代にも、また当の正室・正子にも一向に見受けられなかった。

それは春風涼やかな、ある昼下がりのことであった。泰直は、洪水対策や領地改革の実地検分のため、四、五日ほど前から担当重職らと共に、国元・土浦へ赴いていた。

そんな中で、おも代が陽当たりの良い居間で、久しぶりに親鸞の「歎異抄」などを読み返していると、思いもかけずに正子の侍女が一通の書を届けに来た。それはまさしく、正子直筆の、おも代への文であった。それにはあの流れるような達筆で、次のように記されていた。

〃おも代、その後、体調は如何ですか？先日、廊下でお会いしたとき、顔色が優れなかったので、心配しておりました。

わたしはお陰で、すこぶる達者にしております。
さて本日は、おも代にたっての願いがあって一筆認めました。突然のこととて済まなく思いますが、明日の午後、何時ものわたしの点前の刻に、茶室に来てはくれませぬか？おも代に一服粗茶を進ぜながら、以前のようにおも代と心行くまで語り合いとう存じます。どうか、くれぐれも遠慮、気遣いはなされませぬように。

正子〟

文机を前に読み終え、暫し呆然としていたおも代は、静かにその身を本宅の方へ向けると、両手で文をかざすようにして、深く頭を垂れた。固く閉じた目元から、はらはらと熱いものがこぼれ落ちた。

その夜、おも代はほとんど眠れなかった。嬉しくて、悲しくて、そして未だ変わらぬ正子の好意と心遣いを感ずる程に、おも代の胸は申し訳なさで一層張り裂けそうであった。

翌日もまた、朝から春陽まぶしい穏やかな日和となった。

土浦藩上屋敷の茶室は、おも代のいる離れからは丁度本宅を挟む向こう端にあった。その苔むした茅葺屋根の茶室は、鬱蒼とした竹林に溶け込むかのように、ひっそりと建っていた。

おも代は、本宅正面を避けるように裏庭を遠回りしてから、茶室の前に立った。一面新緑の中、ツツジの深紅が鮮やかに目に染みた。おも代は高鳴る胸を抑え、一つ二つ深く呼吸を整えると、思い切って声を掛けた。

「おも代、お言葉に甘え、ただ今参上致しました」

「…おお、おも代かえ？よくぞ来られた。さ、さあ、早うお上がり！」

正子の弾んだ声に、何故か一瞬にして緊張が解れ、おも代はその身を屈めると、躙り口から流れるような所作で、茶室に入った。

「本日はまた、突然のわたしの願いを聞き入れ、よくぞ来てくれました。まあ、おも代！またまた美しくおなりですね」

「いえいえ、奥方様！そんなことを仰せられては、この端女、ますます心苦しくなるばかり…それよりも、これまでのご無礼、ご無沙汰の限りを、どうかお赦しくださいませ。おも代は、ただただ奥方様に申し訳のない余り、お声をおかけすることさえできませんでした」

「何を申すのです、おも代！貴女には何の無礼も、申し訳のないこともないのですよ。いえ、それよりも、わたしの方こそ、おも代のことをもっと気遣うべきだったのです」

「勿体のうございます！かような奥方様の心優しいお言葉をいただき、おも代は真に幸せ者でございます」

「こうしておも代と親しく語り合うのも、二年ぶりのこと…今日は何もかも忘れ、ただ昔のように互いに心行くまで胸の内を開き合いたいものです。

さて早速ですが、まずはわたしの点前にて、おも代に粗茶を進ぜましょう」

正子は傍の棚から、しっとりと落ち着いた黒塗りの茶碗を取り出した。

「この 器 は、父上からいただいた由緒ある楽焼なのですよ」

「まあ、何という品格。見事な黒楽ですこと！一見して、心が洗われるようです」

「おも代、貴女は茶器にも通じておられるようですね。実はこの黒楽は、千利休様ご愛用のものと伝えられているのです。父上が京都所司代として京に上られた折に、偉いお公家様から贈られた逸品とのこと」

「まあ、そのような貴重な器。おも代にはまるで勿体のうございます！」

「まあまあ、おも代、いいのですよ。今日は凡て、わたしに任せなさい。遠慮も気兼ねもなしで、お互いこのひと時を大いに愉しみましょう！」

正子は、一寸の無駄も隙もない優雅な手さばきで茶を点てると、その黒楽をそっとおも代の前に差し出した。おも代は作法に従って茶を飲み干すと、その黒楽の艶と感触に暫し呆然として見惚れた。辺りはしんとして、ただ茶釜の湯の沸く音だけが、微かに尾を引くように鳴り響いていた。

「結構なお点前…いえ、そんな言葉では言い尽くせないほど、今おも代は深く心を動かされております。茶の深い味わいと見事なまでの黒楽…奥方様の温かいお心遣いが、おも代の胸の奥底にまで、深く沁み渡って参りました！」

「まあ、おも代がそれほど喜んでくれるとは！わたしの方こそ、そなたは真に以て何よりの客人ですよ」

「利休様は、茶の湯の真髄は〝もてなしの心〟と言われたようですが、畏れながら今その意味合いが、少々分かったような気がしております」

感動を噛み締めるようにおも代が言うと、〝わが意を得たり〟とばかり、正子が応えた。

「茶の湯の礼儀も作法も、わたしは凡て〝心〟のことと考えています。見えない心が、いえ、見えないものこそ永遠であり、実は最も大切なことかも知れません」

「まあ奥方様、それはおも代も以前から、全く同じ想い！茶の湯はもとより、人生のあらゆる事どもに通じるものと信じております」

「ああ、おも代は何ゆえ斯くまで何もかも、わたしとは気も心も合うのでしょう！初めておも代の舞を見た時から、不思議にそんな気がしておりました。おも代はやはり、わたしにとっては掛替えのないお女です」

「ああ、この端女には、何とも身に余るお言葉！　しかし奥方様、実はおも代はこのところ、その見えない最も大切なものが分からなくなってしまったのです。如何にして人の道を歩むべきか？いえ、人は何のために生き、はたまた死ぬるのか？」

おも代は、すがるような熱い視線を正子に注いだ。

「おやおも代はまた、何という難題に取り組んでいるのでしょう！しかし、如何に生き、死ぬかこそ、この世で実は、凡ての人に課せられた究極の問題かも知れません。わたしも以前、千利休様がどのように生き、そしてして死に至ったかを、随分と考えたことがあるのですよ」

正子は、自ら点てた茶を飲み干すと、床の間の小さな掛け軸に目をやった。

「ここに書かれてある一期一会という利休様のお言葉は、茶の湯の精神そのもの。〝そもそも、人はいつ死ぬかも分からぬ危うい存在。だからこそ、いま眼前に相対している人とは、これが最後になるやも知れぬとの覚悟で、己が持てる全てを出し切り、真を尽くしてもてなすべきである〟という教えなのです」

「人様への接し方として、何という真実極まるお言葉。この教えの前でおも代は、ただただ恥じ入るばかりです」

「わたしも一日一日を、いいえ、その一瞬一瞬を、かような気持ちで人様に接することができたらとつくづく思うものの、これまた普段の暮らしの中では真に難しい」

こう溜息交じりに答えた正子に、おも代が深く頷きつつ応えた。

「一期一会を説き、それを最後まで身をもって実行され通した利休様は、やはり真の大人であったと、いま改めて認めざるを得ません」

それに全幅の賛意をもって、正子が応えた。

「利休様は、まさにその命を懸けて一期一会を実行し、茶の湯の道を全うされた。太閤様の全幅の信頼を受けられた利休様が、何故突然に、秀吉様から切腹を命ぜられたか、勿論わたしには知る由もありませんが、そもそも利休様の人望が高過ぎて、それに太閤様が嫉妬なされたとか…。また金の茶室を好む派手好みの太閤様に対し、あくまで質素な侘びさびの世界を求め続けた利休様との好みが、まるで逆様だった為などと、巷ではいろいろ噂されているようです。いずれにせよ少なくとも利休様は、私利私欲を超えた己の生き方に、最後までその命を懸け尽したものと信じます」

今度は、正子の指摘に思わず身を乗り出したおも代が応えた。

「真に嫉妬という人の心に蠢く小さな思いが、如何に恐ろしい結果をもたらすものか、はたまた人と人とを結ぶ相性といった好みや性格の違いが如何に重大な結果をもたらすかを、改めて痛感してしまいます。ともあれ茶の湯という侘びさびの世界に、利休様は、命を懸けて客人に尽くすという、至誠の精神を持ち込まれたということでしょうか？

それにしても、己の生き方そのものに命を懸けるとは、何という気高い生き方！人としてあるべき、至高の姿勢かと存じます。

…さてさて本日は、奥方様のお点前で、しかも利休様ご愛用と言われる〝黒楽〟にて茶を戴きながら、深遠なる真のお話を伺いました。おも代、身に余る光栄に存じます」

そろそろ退出しようとするおも代に、正子が手で制しつつ引き止めた。

「おも代、まだまだ良いではありませんか！大事な話はこれからです。おも代が初めてわたしの所に来た時のように、互いに胸襟を開いて、何事でも心置きなく話し合いましょう！」

「ハァ、はい。真に有難き幸せ。おも代が奥方様に、かくも長い間無調法していたにもかかわらず、前にも増してのかような心温まるおもてなし！おも代はいま感謝の気持ちと、また申し訳なさとで胸が一杯です」

「何を言うのです、おも代。無調法していたのはわたしの方。

今となって初めて打ち明けるのですが、殿がおも代を側室にした時、実はわたしは大いに動揺しました。おも代に何の咎めもないことは十分に知っているはずなのに、気がつけば、わたしはおも代に激しく嫉妬していたのです。恥ずかしいことですが、屋敷の中でおも代に会っても、心中言いようのない葛藤があって、一言声を掛けることすらできなかった。それでいながら、何故かおも代を心底憎むことも恨むこともできない。いえ、この二年有余の歳月、どれ程おも代と語り合いたかったことか…おも代、其方の言う通り、嫉妬心とは人の心の奥底に巣食う魑魅魍魎…恐ろしい化物です。どうかわたしの醜さ、至らなさを赦しておくれ。そして以前のように、わたしと心を割って話しておくれ！」

「何をおっしゃるのです、奥方様！奥方様に顔向けできなかった、いえ、真に顔を向けることさえできなかったのは、このおも代です。ただただ悲しくて、奥方様に申し訳が立たなくて、屋敷でお会いしてもご挨拶はおろか、奥方様のお顔を仰ぎ見ることさえできなかった。奥方様、この不甲斐無いおも代を、どうかお赦しください！」

「ホンにおも代は、以前とちっとも変わっていませんね。もともと、そんな真っ直ぐなおも代だからこそ、わたしは心惹かれもし、また今は、ますます好きになってしまったのです。

聞くところによれば、側室も殿のご寵愛を受ける程に、陰ではいろいろ正室と張り合うことも多いものとか…。おも代にそんな様子は微塵も見当たらないどころか、前にも増して頭も腰も低い。そもそも殿がお惹かれになったのも、無理はないのです」

「奥方様、それだけはおっしゃらないでくださいまし。奥方様を措いておも代が側室になることは、奥方様に対しては勿論のこと、天に対しても申し訳の立つことではありません」

おも代は俯いたまま、声を押し殺すようにして答えた。

「わたしは、おも代を責めているのではありません。殿は人として立派なお方だからこそ、おも代のような女にお惹かれなさったのです。ましてや、一国の藩主が側室を抱えることは、世継ぎを絶やさぬためにも大切なこと。おも代が心配するには及びません」

「おおそれながら、お殿様として当然のこととお察しは致しますが、ただ奥方様を措いて側室になることは、どうしてもおも代の心の奥底に、拭い切れないわだかまりが残るのです。何故のわだかまりかはおも代自身もよく承知しないのですが、あれ以来わたしは日夜悩み続けて参りました」

「考えすぎですよ、おも代は！そなたはただ、誠意を尽くして殿に仕え、殿を愛し続けて行けばよろしいのです。わたしも心から殿を愛しておりますが、ただただ殿のお幸せを念じつつ、精一杯お仕えしようと思うばかりです」

「何という広いお心！おも代は、奥方様が優しければ優しいほど、良きお方であればあるほどに、心苦しく、また、つらくなってしまうのです」

そう己が想いを告げるや、おも代は込み上げる嗚咽を懸命にこらえた。正子がすかさずおも代ににじり寄り、その震える肩にそっと手をやった。正子の瞳も見る見る潤んで、それが一筋、二筋とこぼれ落ちた。

「真におも代は、わたしが思っていた以上のお女。そなたのような考えや物の見方は、一体どなたから学ばれたのですか？どなたか教えをいただいた方でもおられるのですか？」

おも代は暫し呼吸を整えると、訥々と恥ずかしげに答えた。

「いえ、この端女には申し上げられるような考えや見方など、何一つございません。ただ幼少の頃から祖父には、人としての作法の基を教えられ、また物心のついた頃からは、母方の叔父に親鸞聖人の教えを、少々学ばせてもらったくらいです。例えば、〝己に対する真の厳しさがなければ、ものの本質は見えにくい〟と言うのが祖父の口癖で、これにはおも代も、何か理屈を超えて身に沁み入ったような気がしております」

「そうそう、おも代の祖父は、筆頭家老の古屋孝長殿でしたね。わたしは、孝長殿の清廉潔白さと、あのおっとりとした、温もりのあるお人柄が大好きじゃ。欲を捨て切ったお人は、ホンに美わしく、また慕わしい。

そしてそのもう一人の〝母方の叔父〟とやらは、どんな御仁なのですか？」

「ハイ、祖父の長男で、古屋長守と申します。以前は掛川藩の勘定方にご奉公させていただいておりましたが、何と藩の公金に手をつけるという不祥事を引き起こして職を解かれ、今は京の比叡山に出家しております」

「ああ、そうそう。詳細は承知していませんが、何やら訳ありの一件…以前耳にしたことがあります。それ以来、ご家老はその扶持俸禄のほとんどを、藩に返金し続けているとのこと。これまた、常人の、なかなかできることではありません」

「真に恥ずかしい限りでございます。

しかし、あろうことか、その不肖の叔父から、おも代は親鸞聖人の教えを学んだのでございます。というよりは、おも代は結局、親鸞聖人と叔父の教えに導かれて、〝人は何のために生き、また人として如何に生きるべきか?〟といった、人が人として生きるべき意味を考えるようになったのです」

「それはまた、何という意味深いお話！その〝何のため〟こそが、人として生きる最も大切な基であると、正子も思います。わたしは今初めて、おも代が何事につけ、しっかりとした見識と筋道を踏まえていた訳が、見えて来たような気がします。

しかし、その〝不肖の叔父〟とやらは、親鸞聖人に詳しく、またおも代にまで深い影響を与えたという不思議な御仁…一体どんなお人柄なのですか？」

「ハイ、初めてその不祥事を聞いた時は、わたしも叔父への不信感に苛まされましたが、後々そのいきさつを知ってからは、反って叔父を尊敬するようになりました。人は見かけや上辺の行動だけでは計り知れないことを、おも代は身をもって痛感致しました」

「その経緯や真相は敢えていま尋ねぬが、真に人は見かけによらぬもの。おも代の叔父は、きっと父・孝長殿に似て、根は優しく、清廉潔白なお方なのでしょう。そう言えば、おも代自身も孝長殿とは瓜二つの、一途なお人柄。血筋というものは、争えないものですね」

そう言うと正子は、おも代を覗き込むようにして微笑んだ。おも代もようやく、一瞬恥じらうような笑みを見せた。

「おも代、今日の茶の湯は、実に楽しいひと時でした。これからも殿が不在の折などは、たまにはわたしに会いに来て欲しい。貴女と語り合っていると、何故か胸に新たな力が湧(わ)いて来て、まるで心の隅々(すみずみ)まで晴れ渡るようです」

二人は互いに見つめ合ったまま、手に手を取って固く握り締めた。

しんとした静寂の中、竹林(ちくりん)越しの春の夕日が、窓越しの小障子(こしょうじ)に穏(おだ)やかに揺(ゆ)らいでいた。

初恋の流れ

正子がおも代を茶室に招いてから二月ほど経ったある日の夕暮れ、主家で早めの食事を済ませた泰直は、直ぐにおも代の離れに向かった。入り口でお付きの者たちを払うと、泰直は微かにおも代の香り漂う、清楚な居間に上がった。

「突然のお越しとて、斯様な格好にてお赦しくださいませ。本日は暑さの厳しい中、お勤め、真にご苦労様でございました」

「いや、今日の暑さは殊更に厳しかった。猛暑と多忙で疲れが溜まったせいか、無性に風通しの良いおも代の離れに来たくなった。其方はこの暑さの中、何ぞ体調に変わりはなかったか？」

「はい、有難きご配慮。お陰様にておも代は、今日もこのように達者にしております。お殿様こそ、お体にはくれぐれもご無理のなきよう。あ、気がつきませんで…ただ今、お茶をお入れ致します」

おも代がそそくさと厨に立つと、泰直は如何にも安堵したように、大きく一つ溜息をついた。

「おも代は、このところ庭の小川に、蛍が飛び交っているのを知っておったか?」

「はい、つい昨晩、気がつきました。真に美しく、また涼やかな光で! おも代はつい、蛍狩りをした幼い頃を想い起こしてしまいました」

茶菓子を差し出しながら、おも代が懐かしそうに微笑むと、〝然り〟と相槌を打つように、泰直が膝を乗り出した。

「余も昨夜の蛍を見て、余が十一で元服した頃、余の許嫁と蛍見物に出掛けた事などを、ふと想い出したのだ。その許嫁は間もなく病に倒れ、逝ってしまったが…」

「まあ、それは真に、お気の毒な事で。当時のお殿様のご心中、お察し申し上げます。それにしても蛍の明かりというものは、人に遠い昔を偲ばせる何かがあるのでしょうか?」

「そうやも知れぬ。蛍が光るのも不思議なら、その明かりが古を思い起こさせるのも、考えて見れば不思議千万。

実はな、おも代。この際初めて打ち明けるが、八十子と申したその許嫁は、幼いながらも、おも代、其方に瓜二つだったのじゃ。その面影といい、心根の優しさ、細やかさといい、そして何よりも物事の筋道を通す竹を割ったような気質といい、何もかもがおも代にまるで瓜二つ！余は初めておも代に出会った時、真におも代は、八十子の生まれ変わりかと思った程…いや、今では益々そう思うておる」

「何と、畏れ多いことを！おも代は取るに足らぬ、ただの端女。そのような勿体ないお話は、どうかお赦しくださいまし」

「八十子は余と同い年にも拘わらず、芯のしっかりとした子で、いつの間にか余は、八十子を姉のように、はたまた母のように慕っておった。そして八十子が亡くなってから初めて、余が幼心にも八十子に恋をしていたことに気づいたのだ。

昨夜余と同様、おも代も蛍を見て遠い昔を想い起こしたということは、八十子が蛍を通して我ら二人に語りかけてくれたのかも知れぬ。

これが、今まで誰にも打ち明けたことのない余の幼い〝初恋物語〟…そしてまたその後、思いもかけぬ経緯でおも代と出会うに至る筋道じゃ」

泰直はそう述懐すると、気恥ずかしさを吹き飛ばすかのように、豪快に笑った。

「何と麗しくも清らかなお話。しかし、おも代がその八十子様に似ているなどとは…」

〝畏れ多くも…〟という気持ちが言葉にならず、おも代は崩れるように泰直の前に泣き伏した。ただただ嬉しくて、悲しくて、名状し難い感動が、おも代の胸を激しく打った。

泰直が、思わずおも代の肩をそっと抱きかかえた。

それからまた二月もすると、朝な夕なの風にも、ようやく秋の気配が感じられるようになった。

しかし、あの蛍の話から始まった、泰直の許嫁・八十子の一件を知って以来、おも代の心は千千に乱れた。泰直の優しさと、一途な想いが伝わる程に、おも代は身も心も次第に泰直に惹かれ行く、己の心が怖かった。

〝こんなことではいけない。わが敬愛する奥方様を裏切ってはいけない！〟

おも代は日夜、煩悶し続けた末、結局、比叡山に出家した叔父・長守に、助言を求めることとした。早速おも代は、心の師とも言うべき長守へ書を認め、己が胸中を凡そ次のように、赤裸々に打ち明けた。

〝すっかりご無沙汰しておりましたが、叔父上様はお達者でお暮しでしょうか？お陰様にておも代も健やかではありますが、実は今、これまでになく己が生き方、身の処し方に悩み、迷いに迷っております。

叔父上様も既にお聞き及びのこととは存じますが、おも代は今、お殿様の側室として暮らしております。そしておも代は初めから、そのこと自体、つまり、正子様という正室が居られながら、おも代がその間に割って入ることに、どうしても合点が行かなかったのです。そもそもおも代は、奥方様にお仕えする身。ましてやその奥方様が、前にも増しておも代を慈しんでくださる中では、心苦しさも一層募るばかり。

しかし実は今、おも代は、さらに深い煩悶の底で、日夜もがき苦しんでいるのです。恥ずかしながら叔父上には、意を決しておも代の本心を曝け出します。

実はおも代は、お殿様に次第に心惹かれ行き、気がつけばおも代の胸は何時も、お殿様のことで一杯の有様です。斯様な事では奥方様に申し訳が立たない。いえ、奥方様を裏切ることはできない！

おも代の心は今、この二つの想いの間を迷走し、懊悩しているのです。

叔父上様、おも代は如何なすべきでしょう？どうぞ、この悩み、苦しみより逃れる術をお教えください〟

おも代の書を読み終えた長守は、思いもかけぬ恥も外聞も捨て切ったおも代の告白に、強い衝撃を受けた。そして自らを落ち着かせるかのように、暫し腕組みをして瞑想したが、長守の心もまた千千に乱れるばかり。

〝これは半端な相談ではない。いや、これぞまさに、峻厳なる一つの求道である！

しかも相手方は、畏れ多くも譜代大名・土浦藩主。〟

長守の考えは二転三転しては、また元に戻った。

この時ふと、茶屋「浜元」で働くお志津の姿が、一瞬、長守の脳裏を過った。ハッとした長守は、

〝ここは、こんな愚僧の出る幕ではない。わたしよりずっと芯のしっかりした、おも代自身の判断に任せるべきだ〟

そう考えると、ようやく長守の心が落ち着き、長守はすぐさま筆を執った。

〝お手紙、読み申した。おも代の懊悩が手に取るように伝わり、わたしもかなり心を痛めた次第。しかし、これほど真剣に、これほど相手方への思いやりを以て悩み苦しむことができるのは、わたしの知る限り、おも代しかいないと信ずる。こうした、おも代の真っ直ぐな、真っ正直な生き方を、叔父として心底誇りに思う。おも代は、今のままでよい。また今のままが、一番美しい。そして、わたしの結論は、こうです。おも代は、これまで生きて来たように、ただひたすらに、その信ずる道を行きなさい。

どうぞ己に自信を持って、おも代らしく伸び伸びと生きてください。

長守〟

長守は筆を置くや、合掌して書を封印し、ようやく安堵の表情を見せた。

「これで良い、これでいいのだ。己が色恋沙汰の始末もできぬ男に、他人様への指図など、できる訳がない」

こう呟きながら、書を手にさっと立ち上がると、長守は直ぐ様、弟子の修行僧に早飛脚の手配を申し渡した。

その年の夏の後半は、全国的に東風が吹き荒れ、土浦藩周辺も例年になく、朝晩など時には肌寒い程の夏となった。特に、陸奥や出羽の国々では大規模な冷害が危惧されたが、泰直は早くから様々な対策を打ち出し、冷害の玄人筋を国元に遣わすなどして、被害は最小限に食い止められた。

泰直もまずはホッと胸を撫で下ろすとともに、少なからぬ達成感を感じないではなかったが、実はこの頃、泰直の胸中では、そんな想いを根こそぎ一掃してしまうような、危うい焦燥感が渦巻いていた。

泰直に対するおも代の対応が、どこか微妙に変わって来たのである。

当初泰直は、それはおも代の体調が優れない所為かとも思ったが、おも代は、

「体調に、何ら変わりはございません」

ときっぱりと否定した。

「それでは何ぞ足りない物、または、気掛かりな事でもあるのか？」

と尋ねると、

「お殿様が、何もかも良くしてくださり、その様な心配は何一つございません」

と、心底感謝の念をもって明言した。

しかし、おも代の泰直に対する態度は、日を追う程に冷ややかなものとなり、訳もなく突き放された体の泰直は、ますます苛立ち焦った。

そんな気持ちの落ち着かない時であった、泰直がお付きの者から、〝正子がおも代を茶の湯に招いた一件〟を耳にしたのは…。

人の道

泰直はその日、江戸城より退出するや、直ちに正室・正子の居室に向かった。泰直の突然の来室に正子は驚き、一瞬何事かと目を見張った。

「斯様に散らかしておりまして、お赦しくださいませ。お殿様におかれましてはこの度のお仕事、真にご苦労様にてございました。お陰で国元の稲作も、ほぼ平年並みとのこと…」

「いや、それはそれとして、今日は一つ其方に訊ねたいことがあって参った」

そう言うと泰直は、床の間を背にどっしりと胡坐をかいた。

「まあ、このわたしに訊ねたいとは、一体どの様なことでございましょう？わたしには、とんと見当がつき兼ねますが…」

「いや、そう構えられても話しにくいが…。ま、ともかくも、其方にはいろいろと苦労をかけ、日頃から済まないと思うておる」

「突然に、何と申されます、お殿様。正子には苦労や不自由とて、何一つございません。ここでこうして、お殿様のご無事とお幸せをお祈りするだけで、十分に幸せでございます」

「そのような、一途に尽くす想いを聞いては、余はますます心苦しくなるばかり…ただ他でもない、余が言うておるのは〝おも代の一件〟。余が其方に済まないと思うておる意は汲み取って欲しいのだ」

「ああ、お殿様！その件で不都合な筋合いは、正子には何一つございません。かえってお殿様からその様な心優しいご配慮を賜ったとすれば、勿体なくも正子にはまさしく〝幸せこれに勝るものなし〟。どうか、何らご心配無きよう…」

「其方もまた、真に潔い女人じゃのう。余はそのような心一筋の其方を、今なお愛おしく思う。しかし赦せ、今はおも代にも、止むに止まれぬ想いを寄せてしまった。其方同様、心一筋のおも代をも、愛してしまったのじゃ！」

「心一筋…実は正子も、そのような生き方を、おも代から改めて学ばせて貰ったようなもの。同じ女子の正子ですら、おも代の人となりには、初めて会った時から心底魅了されました。そして半ば強引におも代を侍女として召し上げ、ここまで連れ参ったのです。お殿様が心惹かれるのも、あるいは当然のことかも知れません。いえ、おも代の真の魅力を見抜いたお殿様こそ、それ以上に〝心一筋〟のお方とお察し致します」

必死で訴える正子の眼差に、泰直は思わず目を伏せた。暫く沈黙が続いた後、泰直が気を取り直すように続けた。

「ところで、今日其方に訊ねたいこととは、他でもない、これも正におも代の一件…と言うのは、これまで其方とおも代は、ほとんど接する機会がないようであったが、二月ほど前、其方がおも代を茶室に招いたとの噂を耳にしたのだが、それは真か？」

正子は一瞬ハッとした表情を見せたが、直ぐ腹を据えたかのように、しっかりとした口調で答えた。

「はい、おも代は最早わたしの侍女ではなく、お殿様の側室という大切な立場になった訳で、正子はこの二年余り、顔を合わせることさえ遠慮して参りました。しかし近頃になって、わたしは無性におも代と以前の様に話をしたくなり、つい茶の湯に誘ってみたのです。幸い、おも代も喜んで応じてくれたのですが…それが何か、お殿様にはお気に障られたものでしょうか？」

「いや、もともとおも代は其方の侍女。会って話したとて、何の気に障ることもないのだが、一体どんな話をしたのじゃ？」

「はい、この方久しくほとんど話もしなかった訳ですので、もういろいろでございますが、例えば千利休様の話などは、おも代もなかなか造詣が深く、話に花が咲きました」

「ほう、利休の話のう。おも代もよく存じておったとな。して、利休のどんな話をしたのじゃ？」

「わたしの点前を、おも代はとても喜んでくれ、

〃利休様が言われた、もてなしの心の意味が、少しく分かったような気が致します〃

などと感服しておりました。それでわたしが、

〃茶の湯は凡て心のこと、見えない心、いえ見えないものこそ、実は最も大切なこと〃

などと申しますと、おも代は、

〃それはおも代も全く同じ想い！茶の湯はもとより、人生のあらゆる事どもに通じるもの…〃

と、目を輝かせておりました」

「ふうむ、〃見えないものこそ、最も大切〃か…。余には分かったような、分からないような…しかし、何とも笑殺し難い、不思議な言葉じゃのう。

ところで、おも代には、何事か悩んでおる節はなかったか？何かその、心配事とか…」

「そう言えばおも代は、その

〃見えないもの、最も大切なものが、近頃分からなくなってしまった〃

と、甚く悲しんでおりました。

〃人の道とは何か？人は何のために生き、そしてまた死ぬるのか？〃

などと申しまして…」

「何、人の道？

〃何のために生き、そしてまた死ぬるのか？〃となー」

泰直は、思わず膝を乗り出した。

「はい、わたしもおも代が思いもかけぬ難題で悩んでいるのには驚きましたが、この話も利休様の〝生と死〟に置き換えて、語り合った次第です」

「正子、その〝利休の生と死〟とやらを、詳しく聞かせてはくれぬか！」

「はい、茶室の掛け軸にある〝一期一会(いちごいちえ)〟のお言葉…その茶の湯の精神から話を始めました。つまり、これは、

〝人は誰しも、いつ死ぬやも知れぬ危(あや)うい存在。だからこそ、いま相対(あいたい)している人と会うのは、これが最後になるやも知れぬ、という覚悟で、全身全霊を尽くしてもてなすべし〟

との教えではないか。利休様は、

〝まさに己(おの)が命を懸けて一期一会を実行し、その道を全うされた〟

とわたしが話しますと、おも代は、

〝それまでの侘(わ)び寂(さ)びの世界を更に進めて、利休様は命がけで客人をもてなすという、至誠の精神を持ち込まれたのでしょうか？つまり、己(おの)が生き方そのものに命を懸けるとは、人としてあるべき至高のお姿！〟

と、甚く感服しておりました」

「そうか、おも代は〝命がけの生き方〟に、それほど感服しておったか…。ところで、おも代は余のこと、また余と其方のことについては、何ぞ申しておらなかったか?」

正子は一瞬、己が胸の奥底を覗かれたような気がしたが、自分が当初おも代に嫉妬していたことは、殿のためにも、はたまたおも代のためにも、今ここで殿に申し上げるべきではないと、咄嗟に判断した。

「特にはございませんでしたが、ただ、自分が〝側室〟であることを、少々気にかけておる様子でした」

「何?側室であることを!それはどういうことじゃ?側室の何を、気にかけておったのじゃ?」

正子は、〝おも代への嫉妬〟の一件よりも、言ってはならぬ重大な事実をふと洩らしてしまったような気がして、一瞬呆然とした。

「どうした?それ以上、余には言えぬと申すか?」

「いえ、ただ、おも代に迷惑になるのではないかと…。申し訳ございません。この際殿のご意向であれば、凡てありのままに申し上げます。

おも代は、

〝自分が側室であることは、天に対しても、この正子に対しても、申し訳の立つことではありません〟

と、述懐しておりました。そこでわたしが、

〝一国の藩主が側室を抱えることは、世継ぎのためにも必要なこと〟

と申しますと、おも代は、

〝それは、お殿様には当然のことかと存じますが、ただ奥方様を措いて殿の側室となること自体、何故かおも代の心の奥底に、どうしても拭い切れないわだかまりが残るのです〟

と、その悩みの元を打ち明けたのです」

部屋には暫し、重苦しい沈黙が流れた。

「そうか、おも代は、

〝天に対しても、正子に対しても、申し訳が立たない〟

と言っておったか…。

〝心の奥底に、拭い切れないわだかまりが残る〟

となｗ…」

溜息交じりにそう言うと、泰直はがっくりと肩を落とした。やや間をおいて、ようやく面を上げると、泰直は、一際厳しい口調で言った。

「余は今初めて、おも代が何に悩んでおるのか、分かったような気がする。とすれば今後もおも代は、其方に会えば会うほど、結局その悩みを深くすることになる。其方には真に気の毒ではあるが、この際当分は、おも代に会うのを控えてほしい。よいな、正子！」

「…は、はい。お殿様のために、またおも代のためにも、お言葉通りさせていただきます」

頭を垂れた正子の目が、みるみる熱く潤んだ。

「しかと頼んだぞ。しかしそこまで、よくぞ申してくれた。恩に着るぞ、正子」

そう言うや、泰直はさっと立ち上がると、足早に部屋を後にした。正子は頭を垂れたまま、いつまでも動かなかった。

いつの間にか暮色に包まれた中庭から、密やかに虫の音が流れていた。

泰直は直ぐにも、直接おも代の悩みの真意を質そうと考えていたが、その後は生憎寛政の改革に絡む松平定信らとの重要協議が相次ぎ、またその雑務に追われて、暫くはおも代の顔を見る暇さえ殆どなかった。

ところでこの間松平定信が、武士が商人から借り入れた金子を凡て棒引きにするという〝棄捐令〟の発布を強行したことについて、泰直はどうしても納得が行かなかった。〝おおそれながら〟と、何度となく定信に具申したものの、それはほとんど聞き入れられず、定信と泰直の間にも何時しか気まずい空気が流れ始めていた。

こうした中で、ようやく泰直がおも代とゆっくり話ができたのは、その年も押し迫った吹雪の夜のこと。泰直は心弾むような、また同時に伸し掛かる不安を拭い切れないような複雑な想いで、おも代の離れに入った。

「久方ぶりであった。おも代はその後、達者でおったか？」

「はい、お陰様でこの通り、元気に致しております。お殿様こそ、このところお勤め大変ご多忙な様子で…お体にはお障りございませんでしたでしょうか？何やら、少々お痩せになられたようにお見受け致しますが」

「ふうむ、そうかも知れぬ。余も、これほど相次ぐ難題に振り回される事態は、初めてのこと。

何が難しいとて、物の見方、考え方の違う御仁を説得する程のことはない。おも代だからこそ、今ここだけの話として打ち明けるが、つまり、老中・定信様が掲げる〝棄捐令〟のことじゃが。これは〝武士が商人から借りた借金を凡て棚上げにする〟という、余りに一方的な法令。言ってみれば〝借金の踏み倒し〟じゃ。この泰直、定信様には一方ならぬお世話になってはおるが、これはこれ、それはそれ…このような強引な政は結局、商人の為にならぬはもとより、武士のためにもならないと思う。余はこれまで必死で、折あるごとに定信様にご再考を申し上げて来たのだ」

おも代は〝わが意を得たり〟とばかり、身を乗り出すようにして答えた。

「おも代は、政のことは何も存じませぬが、ただお殿様の仰せられた通り、どのような事情があれ〝借金の踏み倒し〟には、賛成致しかねます。しかしそれよりも、天下の老中・松平定信様に対し、何度も反対意見を申されるとは、何という勇気あるご姿勢！おも代、改めてお殿様を心底ご尊敬申し上げます」

「いやいや、おも代にそのように言われると、何やら気恥ずかしいことじゃが…。しかし意外に聞こえるやも知れぬが、幕臣たちのためを思うて発案されたこの棄捐令。実は逆に武士たちを苦しめる結果になるのでは？と余は案じておる。つまり、突然丸ごと借金を踏み倒された金貸したちは、一大恐慌を来たし、その後の新たな貸金はいっさい断って来るものと考えるのだが、おも代は如何思うか？余は考え過ぎであろうか？」

おも代はしかと泰直の目を見詰め、静かに首を振りつつ答えた。

「〝考え過ぎ〟などとは、滅相もございません。いえ、それどころか真に人の心を読み切った鋭いご料簡。おも代の祖父も、

〝無私無欲の心でなければ、政の本道、つまり先々の成り行きを読み切ることはで

きぬ！〟

と、よく申しておりました」

泰直は、思わず己が膝を叩いて言った。

「そうか、あの〝清貧の家老・古屋孝長殿〟も、そう申しておったか…。然り、〝欲に目が眩む〟とはよく言ったもので、無私無欲に成り切らねば、先々のことなど見えるはずもない。残念ながら、余にはまだまだそんな資格も能力もないのだが…」

おも代は、必死で抗うようにして言った。

「いえ、決してそのようなことはございません。お殿様は、世のため、民のためを思い、心底政に取り組まれておられます。それより、突然おも代の祖父のことなど引き合いに出してしまい、失礼をば致しました。平にご容赦を…」

おも代が深く頭を垂れると、泰直は優しくおも代を見詰めて言った。

「いいのだ、いいのだ。大切なのはただ一つ…正に〝無私無欲〟の生き方だと思う。それは存じておるのだが、余は己の意識が強すぎるためか、まるでその境地には立ちようもない。しかし余はあきらめない。たとえ達成できずとも、死ぬまでその道を追い続けて行きたいと思う」

おも代の瞳が、一瞬きらりと光った。

「おも代こそ、ただひたすらに真の〝無私無欲〟を追い求めて、命を全うしとう存じます。お殿様のお陰で、おも代はともすれば忘れがちな大切なことを、いま改めてしかと確かめた想い…ただただ感謝に耐えません」

やがて、泰直の意向で酒肴の用意が整い、本宅からも追加の品々が運ばれて来た。久方ぶりのくつろぎとあって、杯を重ねる程に泰直は殊のほか上機嫌となった。

「この大雪で冷え切った体も、大分温まって参った。今夜の酒は、また格別にうまいのう！」

おも代は、さも幸せそうに、繰り返し泰直にお酌を続けた。燭台の灯りに浮かぶおも代の笑顔が、今宵泰直には殊更にまぶしく、煌めくように揺らいでいた。

やや間を措いてから、快く酔いが回ったのを確かめると、泰直は改まった表情で切り出した。

「ところでおも代、余は日頃から、其方には何か悩みがあるのでは？と心配しておったが、実は、その要因らしきことを正子より聞き及んだのだ。どうだ、今夜はその真の心配事を、おも代の口から聞かせてはくれまいか？」

一瞬、おも代はうろたえたかに見えたが、直ぐに平静を取り戻すと、静かに、しかしきっぱりとした口調で答えた。

「おも代のお殿様に対する態度につきましては、何も申し上げないまま、お殿様には大変ご無礼をば致しました。平にご容赦くださいませ。おも代も、一日も早く胸の内を申し上げねば…と呻吟しつつ、ここまで参ってしまったのです。この際、遅ればせながら、おも代のありのままの凡てを、申し上げさせていただきます」

泰直は、身構えるような緊張感の中で、おも代の次の言葉を待った。

「おも代の最も大きな悩みは、ただ一つ。以前からお仕えして参りました奥方様を措いて、おも代がお殿様の側室となったことです。しかも、お殿様がおも代にお目を掛けてくだされればくださる程、おも代の胸は痛むのです。その上さらに、奥方様も前にも増して、おも代に優しくしてくだされればくださる程、おも代はもう、奥方様への済まなさに耐え切れなくなって参りました」

「おも代、待ってくれ。それでは余は、おも代ばかりでなく、正子のことも、もっと大切にすればよいと申すのか？」

「いえ、そのような事ばかりではございません。何故かおも代にも説明のつかぬことですが、そもそも物心のついた頃からおも代は、〝夫婦というものは、互いに一人だけのもの〟と、当然のように思い込んでおりました。また今では、益々〝そうあるべきだ〟と、また〝そうありたい〟とも、思っております。どうかお殿様、おも代の意のあるところを、是非ともお汲み取りくださいますよう！」

そう言うとおも代は、両手をついて泰直の前にひれ伏した。

「それでは余は一体、どうすれば良いと申すのじゃ？

確かにおも代の一族は、代々掛川藩の家臣。その藩主の息女に直に仕えていたおも代の気持ちも、分からぬではないが…」

おも代は改めて居住まいを正すと、真正面から泰直を見据えて言った。

「お殿様、この際、はっきりと申し上げます。どうかおも代に、お暇をくださいますよう！」

泰直は、一言、〝何と？〟と言ったきり、絶句した。

風雪が雨戸をコトコトと打ち鳴らし、気がつけば底冷えのする寒気が、じわじわと足元から身に染み込んでいた。

「おも代、突然に何を申すのか？

〝暇をくれ〟とは、一体どういうことじゃ？」

「はい、おも代はお殿様からお暇をいただき、当分は掛川にある祖父の実家で暮らしたく存じます」

「ほう…では国元の掛川へ参って、何をしようと申すのだ？」

「今のところ、何をすることとてございませんが、ただ書を紐解いたり、野良仕事をしたりして、改めてわが行くべき道筋を探し求めてみたいと思っております」

「おも代！ここは一つ気を落ち着けて、考え直してはくれぬか？おも代のために、余のできることなら何事でもして遣わすぞ！」

「お言葉、真に有難き幸せ。しかし、今のおも代にとっては、お殿様からお暇を頂くことが唯一の願いにございます。どうか、お許しの程を！」

「まあ、よい。余も改めて検討はしてみるが、おも代も暫く時を重ねて、もう一度考え直してみてはくれぬか？」

「…はい。お殿様がそう仰せになられますならば、おも代ももう一度、いえ、もう一度だけは、胸の想いを確かめてみようと存じます。

今宵はお殿様お疲れのところ、また折角おくつろぎのところ、かような話を持ち出してしまい、真に申し訳のないことでございました」

おも代は、込み上げて来る悲しみと切なさを必死で堪えながら、心を籠めて泰直の食膳に仕えた。

やがて長いこと沈黙していた泰直が、突然杯を一気に空けると、

「今夜は、帰る…」

と力なく言い残して、徐に席を立った。

おも代が泰直に先立ち戸を開けると、外はいつの間にか風雪も止んで、庭一面、凡ての物音が吸い込まれるような、見事な雪景色と化していた。

泰直の決断

その年は瞬く間に過ぎ、新しい年を迎えると、泰直には新年恒例の、おびただしい藩政の公務が待っていた。その上、各大名が年始に当たって将軍に謁見する際の、奏者番としての任務が相次ぎ、泰直は息つく暇もないほど多忙であった。

やがて二月となって、やっと一息つけるかと思いきや、次は〝寛政の改革〟がいよいよその実施段階に突入。泰直はいよいよ想定外の激務に翻弄されることとなった。しかし、このことは泰直にとって、暫しなりともおも代への想いや苦悶を忘れる意味では、救いとなった。また多少とも時間を掛ければ、おも代も思い直してくれるのでは？との、微かな期待もあった。

ところが現実には、おも代の決意は、日増しに強固なものとなるばかり…。

そんな中でおも代は、両親と祖父に会い、

〝今の立場は、どうしても奥方様に申し訳が立たず、おも代はお殿様よりお暇を頂いて、掛川の祖父の実家に身を寄せたい〟と懇願した。これに対し、祖父・孝長は、「代々掛川藩に仕える家臣としては、半ば止むなき身の振り方。ただし、畏れ多くも殿のたってのご意向に逆らうからには、成り行き次第ではそれなりの覚悟も必要だが…」

と暗に決意の程を質した。これに対しおも代は、

「如何なる結果になろうとも、それなりの覚悟は致しております」

と、穏やかな笑みを湛えながら、決然として宣言した。

ただ、おも代のもう一つの気掛かりは、暇乞いに関する奥方様へのご報告であった。年始のご挨拶に上がっても、〝気分が優れない〟として面会を断られ、その後も何度か伺ったが、いずれも〝今は都合が悪い〟とのことで、お会いできなかった。おも代は奥方様の体調を案じ、また一種言いようのない不安を感じたが、結局〝おも代がお暇を頂く〟と言えば、またもや奥方様に〝いらぬご心労をお掛けする〟と考え、然るべき時が来るまでは、敢えてご報告を控えることに決めた。

泰直が、久しぶりにおも代の離れに姿を見せたのは、それから一月余り経った、庭一杯に梅の香漂う、穏やかな夕暮れのことであった。おも代は、自らも恥じ入る程に甲斐甲斐しく、また心を籠めて泰直を迎えた。また泰直は、おも代がこれまでになく淑やかに、また艶やかに見え、同時にその凛とした居住まいには神々しささえ覚えた。

「暫くぶりでございました。また多忙なお勤めにも拘わらず、お元気そうなご様子、何よりでございます」

「いやぁ、これまた余にとってはかなりの激務であった。と言うよりは、これ程あからさまに人の性というものを見せつけられたのも、初めて。いや、醜いというよりも、むしろ哀しい程の人間の性！」

「まあ、おも代にはまるで想像もつきませんが、お殿様には余程のことがおありだったのですね」

泰直は大きく溜息をつくと、おも代の酌を受け、改まった口調で胸の裡を吐露した。

「余はこれまでどんな経緯があろうとも、人は素直にこれを信じて来た。その為いろいろと傷ついたり、損をしたことも多かったが、それはそれでよかった…人を疑い悩むよりは己が心中に、ある種の安らぎがあったから。

ところが、この度の改革に関しては、その程度の事では済まなかった。今ここで詳細には言えぬが、そもそも世のため国のための改革が、いざとなると、その裏では裏切りが裏切りを呼ぶ果てしなき悪循環。余は人を信じようにも、信じられなくなってしもうた。

その上、頼みとするご老中・定信様までが、今は余から遠く離れ去ってしまわれたような気がする。余が何度ご進言申し上げても、ご理解いただけないばかりか、このところは物の見方、考え方、つまり人としての生き方そのものさえ、その根底から異なっているような気がしてきた。

今や、余が心底信じられるのはおも代、真に其方だけ。其方の一途で真っ正直な生き方だけだ。おも代、敢えて頼む。余のためにいつまでも、余の側におってはくぬか！」

「ああ、お殿様！おも代も他人様を信じとうございます。いいえ、自分がどんなことになろうとも、信じなくてはなりません。それこそが正に人の生きるべき道しるべ。おも代も、たとえ裏切りが裏切りを呼ぼうとも、他人様を信じ通しとうございます。それにしても、お殿様がおも代を信じてくださるとは、何という有難きお言葉。光栄身に余ります！」

「何と…おも代！それでは其方は、いつまでも余の側にいてくれると申すのか？」

泰直は、思わず膝を乗り出し、叫んだ。おも代は哀しそうに泰直を見詰めながら、静かに首を振った。

「いえ、お殿様、お赦しください。そもそもおも代は、畏れ多くもお殿様のご信頼を受けるに足る者ではございません。それにおも代は、お殿様と奥方様を心からご信頼申し上げているからこそ、お暇をいただかねばと、申しておるのです。

お殿様は先ほど“人を疑い悩むよりは、心の安らぎが大切”と仰せられました。この世知辛い世の中で、こんな素晴らしい生き方はございません。おも代も、正にその心の平安が欲しいのです！」

泰直は、がっくりと頭を垂れ、目を閉じたまま、暫くはその身を固くしていた。しかし、やがて意を決したように面を上げると、泰直はしかとおも代を見詰め、威厳ある藩主の口調に戻って言った。

「何故おも代は、それほど謙虚でありながら、それほど強いのか？それほど心優しく、何事も他人様に譲りながら、ある一点では寸毫も動じないのか…？

しかしおも代、其方の気持ちは相分かった。

一口に心の平安と申しても不思議なもので、余は物心のついた頃から、人間、何が大切かと言って〝心の安らぎが一番〟と、心の何処かでそう思うておった。何もかも、あらゆる物を手に入れても、この安らぎがないと、心に穴があいたようで、落ち着かなかった。その、見失い欠けていた真の安らぎを、おも代が余に取り戻してくれたのだ！

余はこのまま、いつまでも、この安らぎを大切にしておきたかったが、おも代の正子に対する気持ちも、歴代太田家・家臣の娘としては至極尤もである。いや確かに、おも代の考えこそ正しいのだ。この際、余は断腸の思いで言い渡す。

おも代、この春の〝桜祭り〟を以て、其方に暇を遣わす！」

おも代は、ハッとして面を上げた。泰直を見詰めるおも代の瞳に、見る見る熱いものが込み上げて来た。

「ああ、お殿様！何という、温かきご配慮…」

おも代は、言葉半ばにして、ただただその場に泣き伏した。泰直の心優しい決断が、この場に及んでさらに切なく、いえ逆に尚更におも代の胸を激しく揺さぶった。泰直がおも代の肩に手を掛けると、おも代は思わず泰直の膝に縋りついた。一瞬おも代は、泰直に梅の香がしたような気がした。

最後の舞

それから二月余りの日時は泰直にも、おも代にとっても、あっという間に過ぎ去った。

泰直は、老中・松平定信の進める寛政の改革に少なからぬ疑問を抱きながらも、定信の側近としてその具体的諸施策の対応に、ますます翻弄されて行った。

しかし、おも代と別れる決断をした泰直にとっては、心機一転、けじめをつけたせいもあってか、見た目には思いのほか快活で、血色もよかった。ある朝、登城前におも代の離れに立ち寄った泰直は、今後の具体的段取りについて、凡そ次のような意向をおも代に指示した。

〝おも代の暇乞いについては、正子に要らぬ心労をかける恐れがあるので、当面は内密のこと。この件は折を見て、余から正子の耳に入れることとする。また今後の段取りについては、おも代の両親及び祖父ともよく相談し、必要があればその都度実家に戻るがよい。ただ、いずれ掛川へ出立する折には、必ず余の許を訪ね、別れの挨拶をせよ〟

これに対しおも代は、泰直の細やかな配慮に更に胸を熱くしたが、何よりも泰直が本来の落ち着きを取り戻したことに、内心ホッとする思いだった。早速おも代は折を見て実家に帰り、両親並びに祖父を交えて話し合った。

両親も祖父も、何事もなく殿より暇乞いのお許しが出たことを、奥方様にはもとより掛川藩のためにも、殊のほか喜んだ。祖父・孝長は、至急掛川の実家に連絡を取り、準備万端整い次第、迎えの者たちをよこす手配を、おも代に確約した。また孝長の側近の者が、近く京に上る用件ができたことから、叔父・長守（浄禅）にもこの件は伝えおく旨、つけ加えた。

おも代の母・おほのは、

「殿の意に反するからには、万が一のことは覚悟しておりましたが…」

とおも代の手を握り、ひたすらに娘の無事に目頭を熱くした。父・教長も、

「かくもご慈愛深きお殿様のためには、最後の最後まで、真を尽くすよう！」

と、言葉を詰まらせた。

　こうして、おも代の掛川行きの段取りは思いのほか順調に進み、気がつけば、おも代の暇乞いの許さるる日、つまり恒例の桜祭りも早や目前に迫っていた。

　ところで泰直は、おも代に桜祭りに参列するよう何度も勧めたが、おも代はこれまで同様　頑なにこれを拒み続けた。思い余った泰直は、ある朝おも代の離れを訪ね、更に厳しくおも代に迫った。

「余が断腸の思いでおも代に暇をやったのも、其方の願いが人としての〝真っ当な道〟と信じたからだ。また余は、其方の〝桜の舞〟を見て、初めて骨の髄から其方を見初めた。余は別れの前にもう一度、いや、もう一度だけは、其方の舞を見て、一生この目に焼きつけておきたいのだ！

　この度の桜祭りには正子も参列するが、その際、余はおも代の暇乞いの一件も正子に話すつもり…。ところでこれは、おも代には気の毒な事をしてしまったのだが、実は余は正子に、〝おも代には務めて会わぬよう〟申しつけておったのじゃ。おも代が正子に会うほどに、一層おも代の悩みが募るものと慮ったからではあるが、いずれにせよ、相済まぬことをしてしまった。おも代、どうか赦してたもれ。ただこの際、泰直たっての願いとして、敢えて頼む。初めて見た、あの時あの場で見た〟おも代の舞〟を、最後にもう一度だけ、余に披露してはくれまいか！」

手を膝に正座したおも代は、俯いたまま暫し微動だにしなかった。やがて、おも代の肩が小刻みに震え、瞳に溢れた一滴が、ぽたりと手元に落ちた。

「何も知らずにいたとは言え、どうかおも代のご無礼をばお赦しください。おも代は、お殿様に対しても、奥方様に対しても、その掛け替えのないお心を踏みにじってしまいました。

おも代、謹んでこの桜祭りに参列させていただきます。そして恥ずかしながら、お殿様のためにもう一度、いえもう一度だけ〝桜の舞〟をご披露させていただきます」

泰直とおも代は、晴れ晴れとした面持ちで、互いに見つめ合った。おも代には泰直の目元が、心なしか潤んで見えた。

桜吹雪

その年の冬は例年になく温かく、木々の芽の膨らみも早かった。三月も半ばに近づくと、土浦藩上屋敷では恒例の〝桜祭り〟の準備に余念がなかった。普段は何事も質素に節約を旨とする泰直が、今回ばかりは、かなりその趣を異にしていた。祭りの段取りや料理の中身から、特に野外舞台の造りや、お囃子の構成に至るまで、自ら細々と担当家老に申しつけた。

月末に入るや、早くもその日はやって来た。気掛かりだった天候も、時折春風そよぐものの、いわゆる〝花曇り〟といった絶好の日和…。

おも代は、以前祖父の孝長が〝桜の舞〟のために特別に誂えてくれた桜模様の見事な打掛を羽織って、泰直の前に恭しく額づいた。

満開の桜の中で見る、おも代の溢れるような美しさに、泰直は改めて目を見張った。間もなく、正子がおも代の姿を認めるや、さっと駆け寄って来て、強くその手を握った。

「おも代、わたしを赦しておくれ！そなたには、これまで不本意ながら、冷たくあしらってしまいました。また、暇乞いの件も伺いました。おも代の気持ちを察するに、わたしはただ、ただ…もう胸が一杯で！」

二人は固く抱き合い、人目も憚らずに咽び泣いた。

祭りは例年通り、家老の西川源次郎の仕切りで幕を開け、早速六人の舞人による東遊びが、高麗笛や和琴、笏拍子などの合奏で、賑々しく始まった。続いて、能の謡や猿楽の出し物になると、会場は次第に華やかな空気に包まれ、祭りはいやが上にも盛り上がって行った。

やがて各人の詠んだ〝桜の一句〟が次々と読み上げられ、酒肴の膳も運ばれると、いよいよ泰直待望のおも代の舞とはなった。出し物は泰直たっての希望で、あの時と同じ大和の古謡〝吉野の桜〟。お囃子も今年は例年の倍を超える編成となり、まずは琴の前奏が厳かに、そしてきらびやかに流れ出した。今年は篠笛も、大江戸切っての名手が招かれたとあって、流石その響きは清冽を極めた。

おも代の舞が始まると、泰直はもとより、参列者たちはみな、思わず息を呑んだ。

京舞を基調としたおも代の身のこなしには、どこか京ならではの優雅な趣があり、またそこには、不思議なまでに心そそられる絶妙な間と余韻があった。それにもまして、この日のおも代は、まるで別人のように見えた。その舞の緩急織り交ぜた減り張りといい、身のこなしの伸びやかさといい、またふとした仕草の可憐さ等々…その凡てがきらめくような命に満ち溢れていた。

特に泰直は、芯の髄まで凛とした、またそれとは裏腹にこれまでにない妖艶な色香を発するおも代の全身に、釘づけとなった。それは泰直の知る、これまでのおも代ではないような気がした。と言うよりは、むしろ近づき難い程に霊妙な、高嶺の花のようにさえ見えた。

正にその刹那！一瞬にして春の突風が会場を吹き抜け、舞い踊るおも代の姿が、アッと言う間に見事なまでの桜吹雪に包まれた。

〝嗚呼、おも代が消え行く！この女人を離してはならぬ。いや、決して、おも代を帰してはならぬのだ！〟

その瞬間、泰直は咄嗟に胸の奥底でかく絶叫し、固く己に誓った。気がつけば、舞終えたおも代が、静かな微笑みを湛えて、舞台を降りるところであった。

熱気と興奮に包まれた会場は、見事な桜吹雪の続く中、尚もおも代への称賛のどよめきに沸いていた。

女の〝一期一会〟

桜祭りの後、おも代は掛川行きの準備と身辺整理のため、ほとんど谷中(やなか)の実家に戻っていたが、四月も末になってから、ようやく掛川からの迎えの者たちがおも代の家に到着した。そして間もなく、おも代の掛川への出立(しゅったつ)も、五月四日の早朝と決まった。

その日取りが決まった翌日、おも代は殿の指示通り、この件を泰直に報告。その前日の三日に、お別れのご挨拶に伺うことで、殿の了承を得た。

その足でおも代は、正子の部屋を訪ねたが、正子は、〝この先は連日、大切な行事や用向きが相次ぎ、生憎(あいにく)三日のその日も、朝から父・資愛(すけよし)を訪ねねばならぬ〟と、口惜(くや)しがった。

「おも代、考えて見れば、そなたと話せるのも今日のこの日しかないやも知れぬ。旅立ち前とて何かと忙しいところ相済(あいす)まぬが、今日は今少しなりとも、このままゆっくりして行ってはくれまいか？」

「そのお心、有難く存じます。準備も始めてみれば、あれもこれもと切りがございませんので、どうぞお気になさいませぬよう」

「そなたはいつまでも、どこまでも、おも代のまんま…変わらぬおも代こそ、正子にとっては何よりの心の支えです。

取り急ぎ、まずは大切なことを話しましょう。その後、殿は驚くほど快活になられ、それればかりか、わたしに対してもまるで人が変わられたように、それはそれは優しくなられたのですよ。わたしはおも代に、何と礼を言ってよいものやら…」

「何を仰いいます、奥方様！おも代こそ、お詫びせねばならぬのに。おも代はただ、人として生きるべき道を探り続けて来ただけにございます。それよりも、お殿様が奥方様に一層お優しくなられたとは！それをお聞きして、おも代は何よりも嬉しゅう存じます。これでおも代は、心置きなく掛川に旅立つことができます」

「おも代、そなたというお方は、どこまで真実なお女なのでしょう！わたしはおも代ほど無欲で、真の思いやりに満ちた女を知りません。わたし自身が、恥ずかしくなるばかりで…おも代、これまでの事、いろいろと本当に有難う！」

二人は思わず固く抱き合った。正子の髪の甘い香りが、おも代の心を芯から和ませた。

「奥方様のお髪は、真に柔らかく艶のある黒髪。ご奉公に参った時から、密かに憧れておりました」

おも代が抱き合ったまま、正子の耳元でささやいた。

「何を言うのです。わたしこそ、おも代の黒髪に、いえ、そなたの瞳に、口元に、その得も言われぬ身のこなしに、憧れていたのですよ。わたしに取ってそなたは、もう侍女でも、殿の側室でもない。正子の大切な心の友人です！」

「ああ、奥方様、勿体のうございます！」

二人はいつまでも抱き合ったまま、別れを惜しんだ。その時、正子と共に語り合った、あの〝一期一会〟の別れの話が、ふとおも代の脳裏を過った。そしてこの日の別れこそが、おも代と正子の、まさに〝一期一会〟となった。

土浦藩一大事

寛政二年（一七九〇年）五月三日の昼下がり…江戸・神田小川町の土浦藩上屋敷には、朝から乾いた微風が吹き抜けていた。

第六代常州土浦藩主・土屋能登守泰直は、寝室奥の納戸にしのばせていた宝物箱から、紫の袱紗に包まれた一振りの短刀を取り出した。それは土屋家に代々伝わる名刀で、室町時代は美濃国の作〝兼升〟であった。

泰直は、しみじみとその流れるような刃先を確かめると、そっと兼升を懐にして部屋を出た。小鳥の囀りが妙に騒がしく、庭の木漏れ日がまぶしく揺れていた。

居室に戻った泰直は、小姓や警護の者たちを払うと、そのまま文机に向かって座り、おもむろに筆を執った。

それは、

〝かねてからの 病療養の為、家督を弟・英直に相続させたい〟

との、十一代将軍・徳川家斉宛ての〝願書〟であった。日付と署名を入れると、泰直は静かに目を閉じ、深く長いため息をついた。しかしその血色の良い顔立ちといい、凛々しい居住まいといい、病を感じさせる陰は微塵もなかった。

どれほどの時が過ぎたであろうか…気がつくと、廊下に細やかな衣擦れの音がして、あの胸に沁み入るような、温もりのある声がした。

「遅くなり、真に申し訳ございません。ただ今おも代、ご挨拶にお伺い致しました」

「おお、おも代、参ったか。入れ…さ、近う、近う」

泰直の表情が、一瞬緩んだ。おも代が座り終えるのももどかしそうに、泰直が身を乗り出した。

「それで掛川への出立は、いよいよ明日ということか?」

「はい、もしお許しがいただければ、明日の早朝に、出立することにしております。この不束者が、お殿様には真に身に余るご好意、ご寵愛をいただき、お礼の申し上げようもございません。お殿様におかれましては、どうかいついつまでも、恙無くお暮らしくださいますよう!」

しばらく沈黙が続くと、見る見る泰直の顔色が変わり、その目が険しく光った。

「おも代、もう一度だけ訊ねるが…其方、どうしてもここを去ると言うか？余の願いを、どうしても聞けぬと申すのか？」

ハッとして思わず身構えたおも代が、胸の裡を絞り出すようにして答えた。

「お赦しくださいませ、お殿様！

それは、これまで何度も申し上げました通り、かような様は如何に考えましても人の取るべき道とは思えません。おも代はこれ以上、おも代を信じ、お目におかけくださる奥方様を悲ませることはできないのです。奥方様以上にお殿様のご寵愛をお受けして、奥方様を裏切ることはできないのです。

お殿様も〝おも代の気持ちは尤ものこと、是非もない〟として、おも代の願い通りお暇をくださったのではございませぬか？」

おも代が涙ながらに必死で訴え続けると、泰直の胸もこと更に熱くなり、おも代の姿が次第にゆがみ、ぼやけて行った。

「おも代、余は今や、其方なしでは何の生き甲斐も感じられぬ。今や藩政も幕政も、何もかも信じられなくなってしもうた。余にとって心の底から信じられるのは、おも代、其方一人だけ！

そもそもおも代の気持ちは、太田家・家臣の娘としては、是非もないほど尤(もっと)もなことである。しかし、そなたに暇(いとま)を出してから余は初めて、おも代が余にとってどれほど掛(か)け替(が)えのない存在であったかに気づいたのだ。おも代のいないあの離れ、いや最早(もはや)この世は考えられぬ。おも代、どうだ、今一度考え直してみてはくれぬか？これからも余とともに、余の傍(そば)で暮らしてはくれぬか！」

「お殿様何と、余りにも勿体ないお言葉！おも代はそのお言葉だけで光栄至極。幸せ、この上もございません。しかし、おも代は心を鬼にしてでも、いえ、例えこの命をかけてでも〝人の歩むべき道〟を歩みとう存じます」

おも代は涙の溢れるままに身を起こし、凛(りん)として泰直を仰ぎ見た。

「おも代、いま何と申した？命をかけてでも…？」

「はい、人の道をはずすことこそ、天にも己(おのれ)にも、最も恥ずべきことと心得ます。

そもそもこの世では今日、明日も知れぬが人の命…ましてや、お殿様のご意向に逆らうこととなっては、この端女の命など、露ほども惜しむものではございませぬ」

泰直はしばし間をおいてから大きなため息をつくと、しかとおも代を見据えて言った。

「おも代、余はそなたの、そのような真っ直ぐな生き方、一途な姿にこそますます惹かれもし、また憧れもするのだ。できれば余も、そなたのように世の何ものにも惑わされずに己が道を歩み、清らかに、真っ当に生きてみいと幾たび思ったことか！しかし余は藩主でありながら、内外のあらゆる些事に煩わされ、そのような生き方は露ほどもできなかった。衷心よりご信頼申し上げていた老中・松平定信様にさえ、もはや余は見放されたも同然。今やおも代は余の心の拠りどころ、いえ唯一の希望〝そのもの〟なのだ。

余は、そなたを何としても離したくない。掛川へなど、決して帰したくない。

然り、例えそなたの命を奪ってでも、余はそなたを余の傍に置いておきたいのだ！」

泰直は思わずおも代ににじり寄り、その震える肩をしっかと抱きしめた。おも代も一瞬、泰直の胸に顔をうずめたが、ハッとして身を引き離した。

「おゆるしくださいませ、お殿様！　おも代は、何の取り柄もございませぬ。ただおも代は、こと更に弱い人間であればこそ、なおさら〝人の道〟を歩みたいだけにございます。

当然のことながら、本日かくの如く改めてお殿様のご意志に背くことになった上は、おも代、どのようなお裁きをも喜んで受ける覚悟でございます」

おも代は畳に両手をついたまま、毅然として泰直を見上げた。

二人は身揺るぎもせずに見つめ合ったまま、鋭い沈黙が続いた。ようやく泰直が重い口を開いた。

「おも代、そなたがどうしてもここを去ると言うのであれば、致し方あるまい。余に命を預けてでも、真に悔いはないか！しかと覚悟はできておるのか！」

二人はさらに鬼気迫る気迫で、互いに互いを凝視した。やや間を置いてから、毅然としておも代が答えた。

「この端女、お殿様のご意向に背いた上は、如何様なお裁きを受けようとも当然のこと。例えお手討ちになろうとも、おも代は本望でございます」

ハタと膝を打つと、恰も宣言するように泰直が言った。

「おも代、良くぞ申した。余はもはや、そなたを決して離しはせぬ。よいか、おも代！おも代は、いついつまでも余のものであるぞ！」

泰直は、懐からおもむろに兼升を取り出すと、静かに鞘を払った。あのいぶし銀のような兼升が、一瞬ギラリと鈍い光を放った。

「おも代、余も共に行くぞ！余はどこまでも、おも代と一緒なのだ」

「エッ、お殿様！いま何と仰せられました？

…いえ、それはいけませぬ！とんでもないこと、真にもって畏れ多いことでございます。それだけは、平にご容赦の程を！」

「エーイッ、おも代、もうよい。この上何も申すな！おも代は、いついつまでも余のもの…では行くぞ、覚悟はよいな！」

「ハ、ハイ！…」

おも代は、静かに、しかし敢然として応えた。

泰直は改めておも代をしかと抱きしめた後、左腕でおも代の背を支え、その襟元を開くや、一気に兼升をおも代の左胸に突き刺した。

おも代は一瞬〝ウッ〟と低いうめきを発したが、そのまま泰直から目を離さなかった。

やがておも代が口元を震わせながら、何事かつぶやいた。

「おも代！何か言いたいのか？何か心残りがあるのか？」

泰直はそのまま、おも代の口に耳を当てるようにして尋ねた。

息も絶え絶えに、激痛に耐えるおも代が、最後の力を振り絞った。

「おも代は…お殿様を」

兼升を突き刺したままのおも代の胸から、生暖かい血潮がじっとりと泰直の衣に染みわたって来た。泰直が、おも代の体を揺すりながら、必死で訊ねた。

「何事か？〝おも代は余を…〟何と申した？おも代、おも代！」

「お慕い申して…おりました」

そう言って、おも代は静かに目を閉じ、首を垂れた。

最後の一言はほとんど聞き取れなかったが、泰直の表情が一瞬、晴れ晴れと輝いた。泰直はおも代の胸から兼升を抜き取ると、改めてしかとおも代を抱き締めた。

「そうであったか、そうであったのか…。余は幸せ者だ。かくなる上は、最早余もこの世に何一つ未練はない。おも代、余もいま行くぞ！おも代の心の臓を貫いたこの兼升で、余も余の心の臓を突き通す…」

泰直はおも代を丁重に寝かせ、その着衣を整えると、両手で兼升を逆手に取り、その刃先を上半身はだけた自らの左胸に押し当てた。泰直は一言、

〝おも代！〟

と低くつぶやくや、そのままおも代の上に、かぶさるように倒れかかった。二人の間から、大量の血潮が溢れ、見る見る回りを真紅に染めて行った。

泰直が最後の力を振り絞って、おも代を抱き締めようとした時、ぴたりとその動きが止まった。

文机の上には、幕府へ向けた願書が一通あるだけで、ほかに遺書らしきものは何

もなかった。

いつしか庭の小鳥の囀(さえず)りも止(や)み、森閑とした藩主の居室に、窓越しの木漏れ日だけが静かに揺れていた。

定信裁断と、それからの正子

その日、土屋能登守の正室・正子が事件を知ったのは、京都所司代の務めから江戸に戻ったばかりの父・資愛(すけよし)を掛川藩上屋敷に訪ね、おも代の“暇乞(いちまご)い”の件など、二、三の雑事を報告、付き添いともども帰宅した時であった。日も暮れなずむ神田小川町にある上屋敷の門をくぐるや、屋敷中が何やらざわめくような気配…と思う間もなく、侍女の一人が息せき切って駆けつけて来た。

「奥方様、取り急ぎのこととて、ご家老様方がお待ち兼ねでございます！」

「おや、ご家老様方が…今時分、何事でございましょう？」

正子が自室に入るのを待ちかねたように、

侍女の後ろから現れたのは、筆頭家老の西川源次郎をはじめ、四人の家老たちであった。

「奥方様、突然のこととてご無礼をばいたします。今先ほど、掛川藩の方(ほう)にも使いを出したばかりでございますが、実は本日昼下がり、思いもかけぬ事態が巻き起こりまして…」

「まあ、皆様方お揃いで、しかもそんな怖いお顔をなさって…一体何事が起きたと申されるのですか？」

「奥方様、どうかお心を確かになさって、お聞き取りくださいますよう！」

ようやく、家老衆のただならぬ様子に気づいた正子は、思わず息を呑んで身構えた。

「実は、実は本日…殿、泰直様が、倒れられましてございます」

「何？殿が倒れられたと？一体、急に如何なされたというのじゃ？して、殿のお具合は…殿は今どこに？この屋敷に居られるのかえ？」

正子は矢継ぎ早に訊ねると、反射的に立ち上がり、両こぶしを固く握り締めた。

「奥方様、実は、実はその…」

「エーッ、もうよい！正子がいま殿のお部屋に参ります！」

「奥方様、お待ちください！今はなりませぬ。ともかく、どうかお座りになって、まずは事の次第をお聞き取りくださいませ」

正子は胸をギュッと締めつけられるような、どす黒い予感に打たれ、崩れるようにその場に膝をついた。

正子の様子を見計らいつつ、筆頭家老の西川は、一言一言、腫れ物に触る面持ちで、事の次第を報告した。その報告も半ばにして、正子は畳の上に崩れ伏したまま、動かなくなった。

正子は、それから十日余りも寝た切りとなり、時折無理に飲まされる重湯のほかは、一切の食事を受けつけなかった。

〝殿と一緒に、おも代までが、逝ってしまった…〟

この苛酷な現実を確かめる度に、正子は切羽詰まった孤独感に苛まれ、まるで底なしの大渦の中に吸い込まれて行く想いだった。

あたふたとした混乱の中で、筆頭家老の西川は、すぐさま駆けつけた正子の父である掛川藩主・太田資愛と、事態の処し方につき土浦藩重臣らを交えて密談した。その結果、〝まずは早急に幕府の老中・松平定信様にありのままを包み隠さず報告し、事の判断、処し方等を仰ぐ〟こととなった。

その夜遅くではあったが、掛川藩主・資愛と西川ら土浦藩主の重臣たちは、揃って江戸城内にある松平定信の仮居所に向かった。

「突然のこととて、ましてやこの深夜に、真に以て恐縮に存じます。これぞ、余程の事態これありとの故にて、何卒特にお赦しを頂きとうございます。早速以て、手短に事の次第をご報告させていただきます」

寝入り端を起こされたと見え、不機嫌な面持ちの定信は、立ったまま西川の重大報告を聞くや、呟き込みながら問い質した。

「何を申しておるのだ、西川。其方の気は確かか！何？泰直が側室と心中しただと！」

家老の西川が、再度訥々と同じ報告を繰り返すと、定信は両手で頭を抱えたまま、その場にうずくまった。しかし更に西川が追うように、泰直直筆の、

〝病の故、家督を弟・英直に相続させたい〟

との将軍・家斉宛願書を差し出し、改めて報告すると、定信の表情が変わった。

「何でそれを先に言わんか！それなら、それでいい。いや、さすがは泰直！側室と

やらと心中するにも、それなりの対応はしておる。

しかし泰直、泰直や！一体これはどうしたというのだ！貴公は、この寛政の大改革のさ中、余にも反論を繰り返すほどに勇敢なる同志だったではないか？おい、泰直、戻って来い、戻って来てこれまで通り、余の真の味方になってくれ！」

定信は腹の底から絞り出すようにそう叫ぶと、肩を震わせながら嗚咽した。資愛が、すかさず定信の側ににじり寄り、その肩にそっと手をやった。

「いや、忝い。お見苦しいところをお見せ申した。如何ともし難い事態は、相分かった」

定信は暫し黙想すると、言葉を選ぶように厳として言い渡した。

「よいか、泰直の死は、その、将軍様への願書にある通り、あくまでも〝病死〟である。その他の諸事情は、一切これを認めない。いや、あり得ない。よいな、〝病死〟であるぞ！

尤も、その相手方の側室の件、よりによって資愛殿の側近中の側近、筆頭家老・古屋孝長殿の孫娘とはなあ…。これは資愛殿にとってもさぞや辛いところではあろうが、心を鬼にしてでも後の始末は、この旨に沿い厳として処置して欲しい。将軍・家斉様へは、明日早朝にも、この定信より内々ご報告申し上げる。くれぐれも、万事抜かりなきよう！」

こう宣告すると定信は、

「これもまずはお家の為、そして凡ては、天下の為…」

と呟きながら資愛に目礼し、そそくさとその場を退出した。

〝これにて、まずはお家安泰か…〟

資愛と西川ら一行は、皆そんな思いで、定信の足音が遠ざかるまで、神妙にその場にひれ伏していた。

正子の決断

正子がようやく床を上げたのは、それから一月余りも経った、泰直の四十九日の法要を目前にした頃であった。正子の父、掛川藩主・資愛は、その多忙な務めの合間を縫っては正子を見舞ったが、

「くれぐれも早まったことはするでないぞ」

と繰り返し、何度となく諭した。その際正子は、決まってただ力なく頷くばかりだった。

その年の夏はまた、ことのほかの猛暑となって旱魃が続き、案の定、江戸周辺でも各地で凶作の噂が流れた。それでも土浦藩では、すでに次の藩主も、泰直の将軍・家斉宛ての願書の通り、無事、泰直の弟・英直へ引き継がれ、藩政よろしくようやくその落ち着きを取り戻しつつあった。

土浦藩 政の本拠は、引き続き神田小川町にある上屋敷とされ、新藩主・英直は当面、その居所を麻布の中屋敷に置いた。

ところで泰直の遺骸は、土浦藩の菩提寺・上野松が谷町にある海禅寺に手厚く葬られた。一方おも代の遺骸については、掛川藩命により、おも代の祖父で筆頭家老の古屋孝長と、おも代の両親を中心に密かに処置され、結局、江戸郊外の寂れた古刹に、無縁仏として葬られた。

やがて朝な夕なに涼しい風の吹く頃になると、正子はわずかながらも、次第に平静を取り戻し、お付きの者たちを少なからず安堵させた。たまに資愛が見舞いに寄っても、

「父上、もう大丈夫…ご心配をお掛け致しました」

と静かに微笑んだ。

しかしその実正子にとっては、事件直後の日々の様に〝ただただ衝撃に打ちのめされて寝込んでいた方が、まだ増しだった〟とさえ思える日々でもあった。気持ちが落ち着くほどに、反ってその耐え難き淋しさ、虚しさ、無念さも一段と募り、完膚なきまでに正子を打ちのめした。かくして、九月も半ばに差し掛かった頃、正子は敢然としてその意を決した。

〃正子は、泰直様の妻。だからわたしも、泰直様の許へ行く。そして、最愛の友人・おも代とも一緒にいよう！〃

寛政二年（一七九〇年）九月二十日、あれから早や四カ月余り…その日は相次ぐ荒れ模様の天気から一転して、カラリとした秋晴れとなった。すでに正子は、三日後には藩主・英直とその居所が入れ替わり、麻布の中屋敷に移り住むこととなっていた。

正子は、早朝から念入りに化粧をし、身支度を済ませると、急遽家老の西川源次郎を呼び寄せた。珍しい事とて、西川は直ぐさま飛んで来た。

「奥方様、不肖・西川奴をお呼びとのこと。一体、何事でございましょうか？」

「わざわざ呼び立てて済まなかったが、他でもない。殿がお使いになられたあの短刀〃兼升〃は、其方が保管しておると聞いたが…」

「ハッ、皆と相談の末、畏れ多くも、当面某が保管させていただいておりますが、して、それが何か？」

「いや、その兼升を、今ここに持参して欲しいのです」

西川は一瞬、ギョッとして、思わず叫んだ。

「奥方様、それで、その兼升で一体何を、いや、如何なさるおつもりでございますか？」

正子は極めて冷静に、微笑みながら答えた。

「ご家老、そなたこそ、一体何を考えておられるのです？もしかして、その兼升で正子が自害するとでもお思いですか？」

西川は、ドギマギとして口ごもった。

「ご安心くだされ。正子はただ、二人の命を奪った兼升を、わたしが中屋敷に移り住む前に、心静かに供養したいだけ…他意はございません」

「ハッ、これはこれは、失礼をば致しました！お父上の資愛様からも再三に亘って、くれぐれも奥方様のことは頼む、との厳命を賜っておったものですから…アッ、これはまた、余計なことを申し上げてしまいました」

西川は、畳に額をつけるようにして、ひれ伏した。間もなく西川は、紫の袱紗に包まれた兼升を正子の下へ持参した。正子は恭しく兼升を仏壇に供えると、侍女や小間使いたちを退出させた。仏壇を前に一刻余りも手を合わせていたであろうか、正子は徐に立ち上がると、今度は文机に向かい、直ぐ筆を執った。

〝お父上様、正子が幼い頃より格別のご寵愛、計りがたき温情を賜ったにも拘わらず、先立つ不孝をお赦しください。正子はやはり、泰直様の正室ですので、泰直様の許へ参ります。そして、命を捨ててまで正子に尽くしてくれた、おも代の許へ行きます。おも代がわたしの頭髪を愛おしんでくれた故、わたしのこの遺髪は、遠く山間の寺に葬られたという、おも代の墓に共に埋めてくだされ。

お父上様、最後に改めてもう一度。数々の温かきお心づくし、真に感謝に耐えません。いろいろと真に有難うございました。

正子〟

正子は手元の鋏で己が黒髪を一房切り落とすと、それを赤い飾り紐で結び、遺書とともに文机の上に置いた。暫く文机の前に座ったたまま、呆然としていた正子は、やがて静かに立ち上がると、仏壇から短刀・兼升を取り出し、襟元深く差し込んだ。そのまま自室を出た正子は、真っ直ぐに今は亡き夫・泰直の居室へと向かった。昼下がりとて辺りに人影はなく、明るい日差しの中、上屋敷全体が妙にしんとしていた。

泰直の部屋をそっと開けると、屏風や掛け軸、それに行灯から調度品に至るまで、何もかもが元のままだった。ただ気がつくと、畳だけが真新しく、ほのかに乾草の香りがした。

正子は、奥の蒲団部屋から泰直の蒲団を取り出し、それを広い居室の片隅に、重ねて敷き詰めた。正子が、その上に正座すると、微かに泰直の臭いがしたような気がした。正子が袱紗から兼升を取り出し、その鞘を引き抜くと、兼升はまたも、あのいぶし銀のような渋い光を放った。

正子は兼ねてその筋の側近の者たちから、喉元を切る自決の作法を幾たびか教え込まれていた。しかし、初めて自決を決断した時から、正子は確と心に決めていた。殿とおも代の心の臓を刺し通したこの兼升で、正子も心の臓を貫こうと…。

正子はさっと襟元を広げ、左胸を大きく開けると、両手で兼升を逆手に握り締め、その刃先を左胸元にしっかと突き立てた。

「泰直様、おも代！　泰直様とおも代の命を奪ったこの短剣で、泰直様とおも代が逝ったこの部屋で、正子も、いま逝きます…」

静かに低くそうつぶやくと、正子は、そのまま前のめりに倒れ込んだ。〝ウッ〟と一声呻くや、更に深く倒れ込み、正子の体が小刻みに痙攣した。純白の絹布団に、見る見る鮮血が沁み渡った。

時折、雲影流るる明るさの中、土浦藩上屋敷は相変わらず何事もなかったかのように、しんとした静寂に包まれていた。

やがて正子を探し回っていた侍女たちが、その遺骸を見つけるや、上屋敷は上を下への大騒ぎとなった。

急を聞いて駆けつけた正子の父、掛川藩主・太田資愛は、ただいつまでも正子の遺骸を無言で抱き続けた。そこへまた、土浦藩家老・西川源次郎も駆けつけ、血相を変えて資愛の前にひれ伏した。

「資愛様、奥方様に〝兼升〟をお渡ししたのは、何とこの西川奴でございます。

殿より再三再四に亘り、くれぐれも奥方様から目を離さぬようご忠告を受けながら、かくなる事態を引き起こし、お詫びの仕様もございません！」

そう言うと、西川は畳に額をつけたまま号泣した。

資愛は、正子の遺骸をそっと寝かせてから、しみじみと呟いた。

「もうよい。余も、正子の気持ちを抑え切れなかった。正子はただひたすらに、正子の道を行ったのだ。

ところでご家老、この件で、決して早まったことをするではないぞ。よいな。これ以上、悲劇に悲劇を重ねてはならぬ」

追って息を切らせて駆けつけた土浦新藩主・土屋英直も、すかさずその場で家老に命じた。

「西川、ただいま資愛様の仰せの通り、自決はならぬ。決してならぬぞ。これは藩命じゃ。よいな！」

「ははーっ！」

西川は、尚その場にひれ伏したまま、激しく肩を震わせた。

「資愛様、たとえ正子様が己(おのれ)の道を全うされたとしても、親御(おやご)様のご心中(しんちゅう)、察するに余りがあります」

英直が、そう言って資愛の肩にそっと手をやると、資愛は初めて涙を流した。

〝正子自決〟の一件は、直ちに老中・松平定信に報告され、結局、正子の夫(おっと)・泰直と同様、〝病死〟として処理され、夫の元に埋葬されたことは言うまでもない。

神沢杜口と僧・浄禅（長守）

寛政二年（一七九〇年）も師走に入って間もない雨のそぼ降る夕暮れ、京の著述家・神沢杜口は、祇園の路地裏にひっそりと構える、行きつけの茶屋に入った。膝下は底冷えのするような氷雨に、びっしょりと濡れていた。杜口が何時もの席に座って間もなく、店の老主人・弥助が、湯の入った桶と手拭いを持って来た。

「師匠、この冷え込みの上に雨に祟られては大変でしたな。今日も、大分歩かれなすったんですかい？さぞお疲れでしょうから、どうぞゆっくりなすっておくんなさい。何ならお泊りいただいても結構なんですよ。どうせお宅じゃ、誰も待ってやしないんだから」

一見、不愛想に見える弥助の目が、人懐っこく笑っていた。

「いやいや、こう冷え切ってしまっては、とびっきりの熱燗しかないな！大急ぎで頼む」

弥助が洗い桶を下げて直ぐ、手伝いの娘が酒と香の物を運んで来た。焼けつくような燗酒が、胃の腑に沁み込み、杜口はやっと一息つく思いだった。

客は自分だけ、と思っていた杜口が、ふと気がつくと、奥の小部屋から奇妙な声が漏れて来る。〝クッ、ククッ〟と、押し殺したようなその声は、初め気の所為かとも思ったが、今度ははっきりと聞こえた。それは紛れもない、嗚咽する男の声…障子の影で姿は見えないが、今度は拳で激しく机を叩く様子に、迷惑半分ながら、杜口持ち前の好奇心が見る見る頭を擡げて来る。丁度その時、酒の肴を運んで来た弥助に、杜口が目配で〝あれは誰？〟と尋ねると、弥助がそっと耳打ちした。

「まだ明るいうちからお出でなすった一見さんで、何やら訳ありの坊さんですよ。酒もほとんど飲まずに、ああして嘆いているばかり。あっしも、どうしたものかと困っております」

杜口が手洗いに立った帰りに、当の小部屋を覗いてみると、その僧侶も杜口に気づき、ハッとしたようにして軽く会釈した。黒い法衣を身にまとった、四十絡みのその僧侶は、どこか犯し難い威厳と気品を備えていた。目は真っ赤に泣き腫らしながらも、驚くほど涼しげな双眸。杜口は、迷う間もなく、咄嗟に声を掛けていた。

「突然にて失礼ではございますが、大層お悲しみのご様子。如何なされたのでございましょう? もし宜しければ、是非お話をお聞かせくださいまし。胸の内を語れば、お気持ちも、大分楽になるやも知れません。

申し遅れましたが、手前は、この地方風土の資料編纂などを手掛けております神沢杜口と申します」

僧侶は一瞬、困惑し、躊躇した様子だったが、杜口の誠実な態度やその風貌を確かめると、ようやく緊張を緩め、肩の力を抜いた。

「本来、信徒を慰め励ますべき僧侶が、この体たらく。真に恥辱の極みでございます。さあ、こちらで宜しければ、どうぞお上がりください。話と申されましても、何をどう話せばよいのか、まるで途方に暮れてしまうのですが…」

杜口は早速、四畳半ほどの小部屋に上がると、さすがに遠慮がちに僧侶の前に座った。僧侶がゆっくりと、想いを込めるように語り始めた。

「わたしは、比叡山延暦寺に仕える愚僧・浄禅、俗名を古屋長守と申します。以前は、ある藩に仕えておりましたが、不本意ながら退っ引きならぬ不始末を為出かし、その後出家致しました。

しかし、その事自体は、わたし自身、一応の決着をつけたつもりです。問題は、わたしの妹の娘、つまり、わたしの姪についての事なのです。その姪、名を〝おも代〟と申しましたが、このおも代が文字通り、竹を割ったように真っ直ぐな性格で、わたしはそんなおも代を、幼い頃から殊のほか可愛がっておりました。

ところが、そのおも代がこの春突然、不慮の死を遂げてしまったのです。

そこへ本日、京都所司代を務められるわが元藩主が、その息女供養のため、急遽、比叡山に参られたのです。この息女、実はある藩主の奥方様であられましたが、彼女もまた、この秋口に亡くなられたばかりでございました。

わたしは当然ながら、藩主には合わせる顔もないのですが、殿は供養の後、わざわざわたしを呼び出され、勿体なくもわたしの姪・おも代の死に弔意を示された上、当時、奥方様の侍女を務めていたおも代の奉公ぶりまで、手厚く労われたのです」

「と、申しますと、その奥方様とおも代さんの死には、何か深い関係でもおありだったのでしょうか？」

「はい、まさに信じられないような事でございますが〝大あり〟と言う他（ほか）ありません。そして本日、殿のお話をお聞きすればするほど、二人（ふたり）の死には、その根底において、何（なん）とわたし自身も深く関（かか）わっているとしか思えなくなって参ったのです。わたしが結果として、真っ直ぐなおも代を、それ以上に、いえ、必要以上に真っ直ぐにしてしまった…そして遂には何と、お殿様から奥方様までも死に追いやってしまったかも知れないのです！」

杜口は、ぶるぶると拳（こぶし）を震わせながら語る浄禅の如何（いか）にも尋常（じんじょう）ではない話に、いやが上にも引き込まれて行った。

「それはそれは、大変なご事態…衷心（ちゅうしん）よりお悔やみ申し上げます。

わたしも一昨年、家内を亡くしたばかりでございまして。いえ、そればかりか、これまでに五人の子のうち四人を亡くし、さらに孫たちまでも、三人のうち二人を失いました。〝人の死〟という厳しい現実。浄禅様のお気持ちも理屈を超え、実感としてお察しできるような気が致します。

今では〝親一人、娘一人、孫一人だけ〟となってしまいました。本来なら、この二人の家族と共に暮らし、孫でも愛でるのが、年寄りの生き甲斐なのかも知れません。しかし、わたしは敢えてその絆を断って、独り暮らしを選んだ次第です」

杜口の一方ならぬ境遇と生き方に、浄禅は強い共感の眼差しを以て、まじまじと杜口を見詰め直した。そして、この方なら、何もかも、打ち明けてもいいような気がして来た。いや是非とも、この、類稀な事の次第を聞いてもらわねばと、浄禅は何故かその時、そう心に決めたのだった。

気がつけば、店にはいつしか七，八人ほどの客が入り、周りは大分騒がしくなっていた。

杜口は弥助に頼んで、席を二階の座敷に移してもらうことにした。その六畳ほどの小奇麗な部屋は、湿気のためか少々ひんやりしていたが、直ぐさま弥助が、火鉢に燃え盛る炭火を入れに来た。

「先ほど、郷土の資料とか申されましたが、一体、どの様なものをまとめておられるのですか？」

浄禅が、火鉢に手をかざしつつ尋ねた。

「はい、人の暮らしに関わるあらゆる事件や事象を掘り起し、それを書き留めて、そこから何か生きる知恵でも学ぼうと、日々この界隈から時には遠方に至るまで、老躯に鞭打って歩き回っております」

「それはまた、何とも意義深いお仕事！それにしても杜口様は大分お年を召しておられるようですが、失礼ながらお幾つになられるのですか？」

「はや、八十を過ぎました。しかしながら、こうして面白がって歩き回っておりますと、足腰も自ずと丈夫になり、流行風邪一つ引いたためしがありません。今日も、途中から雨に祟られたものの、京の町を終日歩き回っておりました」

「何とも羨ましい限り。わたしなんぞは修行不足が祟ってか、体もすっかり鈍ってしまいました。

それはそうと、杜口様のお話をお聞きしているうちに、お陰様で胸の内が大分落ち着いて参りました。そればかりか、先程申し上げました姪・おも代の話も、もっと詳しく話してみたくなりました。世の事件、事象を纏めておられる杜口様に聞いていただき、改めておも代の死を考えていただけましたら、おも代の死を無駄にしない、何よりの供養になるような気がして来たのです。杜口様、できますればこの愚僧・浄禅の話をもう少々、細々と聞いていただけますでしょうか？」

杜口は思わず膝を乗り出したが、まずは弥助の持って来たばかりの熱燗で、徐に浄禅に酌をした。

「ただ、初めにお願いしたいのですが、この話の出所出本だけは、内密にしていただきたいのです。いえ、愚僧・浄禅のためにではなく、この話そのものが、直接公儀に関わる事件だからです。本来話してはならない話を、どうしてもわたしは、話さずにはいられない…と言うよりは、何としてもこの話を闇から闇へ葬り去りたくはないのです。それが計らずも、わたしが信頼して凡てを話せるようなお方に、今日ここで巡り合ったという訳です」

〝これは、真に以て、只事ではない！〟

出所を明かさないとの一件を承知した杜口は、年甲斐もなく興奮して、一気に杯を飲み干した。浄禅の話にも自ずから熱が入って来る。

「前にも申し上げました通り、おも代は幼い頃から、竹を割ったように真っ直ぐな娘でした。〝是は是、非は非〟と申しますか、曲がったことには梃子でも動かない。わたしの妹、つまり、おも代の母親ですら、その性格にはたびたび手を焼いた位です。ところが一方、困っている人たちや、いじめられっ子を見つければすぐさま飛んで行き、身を挺して助けるといった、勇気と優しさをも持ち合わせておりました。

わたしはそんなおも代が大好きで、自分の娘のように、時には実の妹のように可愛がって来たのです。

特に、わたしの不始末で親に勘当され、おも代の家に厄介になってからは、親鸞聖人の教えを共に学んだものでした。今にして想えば、わたしもおも代も、あの頃が一番幸せだったのかも知れません」

ここで浄禅の話を手で遮りながら、杜口が訊ねた。

「失礼ながら、敢えてお尋ね致しますが、親鸞聖人の教えを学んだような浄禅様が、何故に不始末など引き起こされたのでしょうか?」

「これは真に以て忝い次第…憚りながら〝人助けのため、一時藩の公金をお借りした〟と申せば、聞こえの良い言い訳となりますが、当時はそんな気持ち一筋で、ただ無我夢中でございました。真に浅薄の至り、恥辱の極みでございます」

「いやいや、これは却ってご無礼をば致しました。この件については、これ以上お聞き申すまい。

ついては、この話、どちらの藩で起きた事案か、その具体的詳細は明かしてはいただけないものでしょうか？」

「これは申し遅れました。この際、何もかも申し上げさせて頂きます。愚僧以前は、遠州掛川藩に仕えた古屋長守と申しました。父・古屋孝長は今なお、藩の家老として藩主、太田備中守・資愛様に仕えております。

この資愛様ご自身が本日、その息女・正子様ご供養のため比叡山に参られ、わざわざこの愚僧に、直々にその胸の内を明かされたのでございます。

わたしは資愛様のお話に深く胸を打たれるほどに、事件の発端の元が次第に、おも代に人の道を教え、また助言したこの愚僧にあるような気がして参りまして、いま自ら払拭し難い、重い負い目を感じているのでございます。

今日はその後、たまたまこの近くの寺に所要があって山を下りましたが、どうにもその寺にもいたたまれず、フラフラとこの茶屋に入った次第です」

こう言うと、浄禅はまたも膝の上の拳を握り締め、俯きながら身を震わせた。

「藩主の息女は、正子様と申されましたか？その正子様とおも代さんとの繋がりには、どの様な経緯があったのでしょうか？」

「はい、この事件は、まさにそこから始まったのです」

大きく一つ、溜息をつくと、浄禅は、今度はゆったりと、流れるような口調で語り出した。

「わたしの姪、おも代は、幼少の頃からいろいろと習い事に励みましたが、中でも京舞は師匠の宜しきを得てか、周囲も驚くほどの上達を遂げました。その上、おも代の容姿・容貌は、叔父のわたしが言うのも何ですが、見るほどに嫋やかで麗しく、合わせてその舞をいやが上にも引き立てたものです。

おも代が十五になったある時、たまたまおも代の舞をご覧になった藩主の息女・正子様は、おも代の舞とその凛とした人となりに、一目で魅了されたとのことでした。

おも代は、藩の中老を務めるわたしの妹〝おほの〟の一粒種だったのですが、これを契機におも代は、正子様たっての願いで、その侍女として奉公することとなったのです。

正子様は時が経つほどに益々おも代を信頼し、おも代もまたそれに応えるように、正子様を敬愛しました。二人の絆は、いよいよ固く結ばれて行きましたが、そんなある日、突然、正子様に縁談が持ち上がったのです。

嫁入り先は、同じ譜代大名で定府（江戸に定住している）の、土浦藩主・土屋能登守泰直様でした。ここで掛川藩主・資愛様は、この際、古屋家の一粒種・おも代については侍女としての奉公を解き、実家に戻してやろうと再三試みました。しかし正子様は頑としてこれに耳を貸さず、結局おも代はそのまま正子様の侍女として、共に土浦藩・江戸上屋敷へ上がることとなりました。しかしこれぞ正に、世にも稀なこの事件の発端へと繋がったのです」

こう言うと、浄禅は深く頭を垂れ、無念の涙を飲んだ。すかさず杜口が、浄禅を励ますように酒を勧めた。

「土屋家に嫁いで暫くは、正子様、いえ奥方様も幸せにお過ごしの様子でした。おも代も、前にも増して奥方様に真を尽くし、二人の信頼はいやが上にも堅固なものとなって行きました。

そんな平穏な日々の中で、何とおも代が、藩主・泰直様のお目に留まったのです。おも代は懸命にお許しを請いましたが、逆に日に日におも代の凡てに魅せられて行った泰直様は、ついにおも代をその側室として、上屋敷の離れに抱えられたのです。

普通の子女ならば、これを名誉とし、あるいは己が喜びとしたかも知れません。何せ一国一城の主、譜代大名の側室として召し上げられたのですから。

しかし、おも代の気持ちは、これとは全く違いました。

〝そもそも自らは、掛川藩主・太田家家臣の娘。にも拘わらず、今や己が主人である正室・正子様を超えて殿の寵愛を受けることは、本来あるべき様ではない〟

として、殿と奥方様との間に立って悩み苦しんだのです。しかも、おも代にとっては、これとは別に〝人の踏むべき道〟として、側室という存在そのものにさえ、疑問を持っていた節があります。何事も真っ直ぐに見詰めるおも代にとっては、天に対しても、奥方様に対しても、何か不都合なものを感じていたのかも知れません。

時が経つにつれて、殿はいよいよ深くおも代を愛し、また奥方様も前にも増しておも代を労り、励まされました。しかも殿は、正室・正子様をも愛しておられたようです。ますます辛い立場に追いやられたおも代は、遂にこのわたしに文を認め、助言を求めて来たのです。

己が胸の内を赤裸々に吐露したおも代の文に、わたしは驚き、深い衝撃を受けました。そしてこの峻厳極まりない、言わば一つの〝求道〟に如何に答えるべきか、大いに悩み、また懸命に模索しました。二転、三転した挙句の末、絞り出した結論は、今にして思えば極めて具体性の乏しい、漠たるものでした。

〝おも代は、今まで生きて来たように、ただひたすらに、その信ずる道を行きなさい〟

わたしは、それなりに意義のある、確かな助言として満足しておりましたところ、間もなくおも代からの返信が届きました。

〃叔父上様のお言葉、肝に銘じて胸の奥底に刻み込みました。お蔭様にておも代、心の平穏を取り戻し、このところ真に健やかな気分にて、意義ある日々を過ごしております。叔父上様には、ただただ感謝に耐えません〃

わたしはこの文を読み、これにて〃一件落着〃と、内心ホッとしたものです。ところが本日、掛川藩主・資愛様直々のお話から、結局このわたしの何気ない助言の一言が重大事件を引き起こし、奥方様とおも代を、いえ、何と土浦藩主・泰直様ご本人までを死に追いやってしまったとしか、思えなくなって来たのです！」

こう言うと、浄禅はまたも〃ククッ〃と、低く呻くように号泣した。

杜口は浄禅の語る、信じ難い類稀な話に圧倒されながらも、浄禅が落ち着くまで一人淡々と杯を重ねた。やがて杜口が浄禅の様子を見計らうと、静かに浄禅の杯に酒を注いだ。ハッと我に返ったようにして、浄禅が詫びた。

「これはまたまた、無調法をばしてしまいました。何せ今日は殿のお口から、さらに衝撃的なお話をお聞きしてしまったものですから。と言いますのは、わたしがおも代に助言したのと同じことを、奥方様も自ら命を絶たれる前、殿に語られたというのです。つまり〃くれぐれも、早まったことをするでないぞ〃という殿のご忠告に対して、正子様は、

〃父上様、ご安心ください。わたしは今まで生きてきたように、ただひたすらに、わたしの信ずる道を行くだけです〃と、笑顔で応えられたと言うのです。

わたしはもう驚き、いたたまれなくなって、咄嗟に殿に打ち明けました。

〃殿！その言葉は実は、わたしがおも代に助言したものと同じです。凡ての責任はこの愚僧・浄禅にあります〃と！

すると殿は、手でわたしを制するようにして言われました。

〃いや、それは誰のせいでもない。己の信ずる道こそ、真の人の道。浄禅、何も気にするではないぞ〃と、逆にわたしを慰め、励まされたのです」

こう言うと、浄禅は改めて座り直し、襟を正して話を続けた。

「杜口様、これでは、ますます事の筋道が見えにくいと存じますので、話を側室となったおも代のその後に戻します。

おも代の文によりますと、どうやらおも代は時が経つほどに、次第に泰直様に心惹かれて行ったようです。そして、

〝これではいけない！天に対しても、奥方様に対しても申し訳が立たない〟

と日夜悩み通し、想い余ってわたしに胸の内を打ち明けて来たのです。書面には、

〝これは勿論、殿にも、奥方様にも、未だ誰にも話してはおりません。わが心の師である叔父上様だけに、初めて告白いたします〟

と敢えて記してありました。

そもそも泰直様は、藩の内外でも〝思いやりに満ちた若き藩主〟との評判で、そんな欲のない誠実なお人柄に、幕府の老中・松平定信様も、いたくお目に掛けておられたとのこと。もしかして定信様は、自らには希薄なもの、あるいは正反対の性格を、泰直様に認めておられたのかも知れません。いずれにせよ、幕府の実権を握る老中の寵愛を真面に受けた程ですから、おも代が泰直様に心惹かれ行くのも、あるいは自然の流れだったのかも知れません。

それなのにわたしは、おも代の一途な性格、とりわけ是々非々の竹を割ったような

生き方を熟知しておりながら、追い詰められたおも代にありきたりの助言しかできなかった…いえ、その先々までも、まるで読めなかったわたしの愚かさ加減には、我ながらあきれ果てるばかりです。

そして、わたしの助言の返書を受け取って間もなく、おも代はついに、泰直様に暇乞いを申し出たのです。その理由としては、

〝自分は藩主・太田家家臣の娘であり、しかも今や己が主人である正室・正子様を超えて殿のご寵愛を受けることは本意に非ず。つまり、本来あるべき様ではない〟

の一点でございました。この時点でおも代は、一旦、国元・掛川の親族の元に身を寄せ、行く行くは出家する覚悟だったようです。これは後になって、わが妹（おも代の母・おほの）からの便りで分かりました。

これに対し泰直様は、当然のことながら暇乞いを取り下げるように、懸命におも代を説得しましたが、おも代の決意は微動だにしない。逆に泰直様も、おも代の必死の懇願を聞くほどに、その言い分が人の道に沿った正しいものと、認めざるを得なくなったのです。ついに泰直様は、

〝是非もない〟

つまり、やむを得ないこととして、一旦はおも代に望み通り、

〝暇を遣わす〟

と申されました。しかし結局、極限まで懊悩した泰直様は、その悲しさ、淋しさに耐え切れず、おも代を手討ちにした後、何と殿ご自身までが、自ら命を絶たれてしまったのです。

この前代未聞の大事件に、家老はじめ重臣たちは、

〝この醜聞、幕府に知れ渡れば、お家のお取り潰しは必至！〟

と、右往左往の大騒ぎ。奥方様は衝撃の余り、十日余りも寝込んだままとなりました。

しかし、泰直様ご自筆の、

〝かねて病療養のため、家督を弟・英直に相続させたい〟

との、将軍・家斉様宛ての願書が残されていたこと。

それに何よりも、泰直様の死を惜しまれた幕府の老中・松平定信様が、凡てを宜しきに取り計らわれたことなどから、泰直様は病死として報告され、お家は辛くも

〃安泰〃となったのです。

しかし、事件はこれだけでは済みませんでした。かねて、奥方様の父上であられる掛川藩主・資愛様が懸念されたように、事件から四月余り経った九月二十日、今度は奥方様までが、泰直様とおも代が命を絶った同じ部屋で、そして二人の命を奪った同じ短刀で、自害されてしまったのです。文机の上には、

〃わたしも、泰直様の元へ参ります。この、わたしの遺髪は、おも代の墓に共に埋めてくだされ〃

との、父・資愛様宛の遺書があり、その横には赤い飾り紐で結ばれた、一房の黒髪が添えてあったというのです。

不本意な状況の中で、最後まで夫を愛し、おも代を慕い通した奥方様！

一体、どうしてこんな悲劇が起きてしまったのでしょう？一体、誰が悪いと言うのでしょう？

いえ、誰も悪くなどない！泰直様も、奥方様も、おも代でさえ、みな真っ当な人間です。然り、三人とも余りに真っ当で、純粋過ぎたからこそ、こんなことになったの

かも知れない。しかし例えそうであったとしても、一体、誰が彼らを責められるでしょう? いえ、責められるべきは、このわたしです!

〝ただひたすらに、おも代の信ずる道を行け〟

などと、人一倍真っ直ぐに、ひたむきに生きて来たおも代に、一層それを助長するような助言をしてしまった、このわたしにあるのです。そしてそれが結局、三人の死を招く結果に繋がった…」

浄禅はまたも両拳を握り締め、喘ぐように苦悶した。

「まあ浄禅様、どうか落ち着いてくださいまし。お話の粗筋は、ほぼ了解できたように思います。それにしてもこれは、この世の理を超えた、稀有なお話。多くの事件、事象を見聞きして来たわたしも、これまでに体験したことのないような、何か胸の奥底に迫るものがございます。浄禅様のお気持ち、深くお察し申し上げます」

浄禅は、思わず杜口の手を握り締めながら、なおも話を続けた。

「有難き幸せ! わたしも、お話を申し上げているうちに、お陰様で大分落ち着きを取り戻しました。これも察するに、杜口様のお人柄と、度量の深さの故かと存じます。

この愚僧にとりまして、今これ以上の賜物はございません」

暫く間を措いてから、杜口が首を傾げながら尋ねた。

「しかし、どうしたものでしょうか？おも代さんは何故に、こんな勿体ないような境遇に最後まで納得せず、お暇を取ろうとなされたのでしょう？小生にはそこが今一つ、合点が行かないのですが…」

「はい、それはわたしにも真意は分かり兼ねますが、多分、心底おも代を信じ、どこまでも愛し通してくださった奥方様の気持ちを裏切れなかったことが、一番の理由かと存じます。そもそも、殿の側室となること自体が不本意であり、奥方様に申し訳ないと悩んでいたおも代が、今度は次第に殿に心惹かれ行く己に気づき、愕然としたものと察せられます。二重の意味で奥方様を裏切る自分を、おも代は決して赦せず、けじめをつけたものと考えます」

「なるほど。それにしても、一国の城主が正妻以外の女を側室、つまり妾にするのは世の慣行。特に非難さるべき筋合いではないものを、おも代さんというお方は、何という潔癖な心の持ち主だったのでしょう！その上、女の身ながら敢えて殿の意に抗うという、ともすれば命に係わる決断を粛々と実行した勇気と潔さには、ただただ舌を巻くばかりです」

「おも代は、幼い頃から、そういう娘でした。他人様に迷惑を掛けること、隣人を悲しませることを、何よりも嫌いました。その上、おも代の場合、何故か〝妾〟という存在そのものにこだわっていた節もあります。そもそも夫婦というものは、互いに〝たった一人の存在〟と受け止めていたようで、事の良し悪しはともかく、わたしにはそう解するしかないのです。

そして一度心に決めれば、おも代は己が損得を超えて、静かに、しかし着実に邁進するのです。そんな場面に出会うたびに、わたしにはおも代が何と誇らしく、また眩しく見えたことか！真におも代は、わたしの自慢の姪でございました」

そう言うと浄禅は、思わず居住まいを正して、合掌した。杜口が、これを受けるようにして続けた。

「真に以て、おも代さんという女の〝潔さ〟には、胸を打たれます！死をも決して、敬愛する奥方様のために身を引き、そして半ば予測通り、殿の手にかかって死を遂げる。私利私欲の欠片もない、何という澄み切った生き方！

それにしても、一国一城の主でありながら、愛する側室と無理心中してしまう藩主とは！泰直様は近松門左衛門の心中物でも読まれておられたのでしょうか？いずれにせよ、この天下に譜代大名の身分をもかなぐり捨てて、一人の側室に命を懸けた城主がいたということは、わたしたち平民にとっては驚愕の事実であり、また良し悪しはさて措いても、何故か深い共感を呼ぶものがあります。

そして殿を愛し、己が侍女をも愛し、自らもこの二人の愛を超えようと、死を選んだ正妻・正子様。これも強烈な女の意地であり、哀しくも激しい女の性かも知れません。

浄禅様の仰る通り、誰もこの事件の三人を咎めることなどできません。然り、その非を咎めるどころか、この三人は誠実かつ純粋極まる人間だったからこそ、かくも稀有な悲劇が起きてしまった。殿は侍女と正妻を共に愛し、正妻も殿と侍女を愛し、侍女もまた正妻と、結局は殿を愛したのですから…。一体、この三人の誰に罪を着せることなど出来ましょう！これまで数知れぬ事件を見聞して来たわたしも、これほど真剣で真っ直ぐな、男女の生様を突きつけられた事件は初めてです。いえ、己自身の生き方さえ問われているような気が致します」

「真に以て仰る通りで、この愚僧こそ仏に仕える資格もございません。わたしは口先だけでおも代に道を教え、おも代は命を懸けて真を貫いたのですから。

ただ不憫なのは、おも代のその後…藩主・泰直様とその正室・正子様は、ともに江戸は松が谷町の海禅寺に手厚く葬られましたが、おも代は江戸も外れの名もない無縁墓地に、独り密かに埋葬されたとのこと。

ご存知の通り、幕府は以前から〝心中〟という言葉すら禁止し、わざわざ〝相対死〟と呼ばせて厳しくこれを罰しているほどですから、結局おも代はその罪を一身に受けた形で、凡ての痕跡を消し去ったのです。その後のおも代については、巷間〝国元の旧家の養女になった〟とか〝どこそこへ嫁いだ〟などと噂されていたようです。

それにしても、われら遺族の唯一の慰めは、奥方様のご遺髪がその遺言通り、追っておも代の墓に納められたこと。それが、おも代にとって、どれほど有難く、また嬉しかったことか！」

浄禅がこう言ってまたも身を震わせると、杜口は思わず浄禅の肩にそっと手をやった。やがて目元を熱く潤ませた杜口も、しみじみとその想いを語った。

「将軍・家斉様は、四十人を超える側室をお抱えとのこと。しかし一方では、たった一人の側室を巡り、何故にかくも痛ましい悲劇が起きてしまうのか、やはり何か釈然としないものが残ります。

しかし今わたしは、この事件をお聞きして、これまで経験したことのないような熱い情念に、深く心を動かされております。この三人の死は、わたしたちにこの世で一番大切な何かを問いかけているとさえ思えて来るのです。わたし自身、未だよく説明がつかないのですが、少なくともこの事件を知った以上、わたしたちは、この三人の死を決して無駄にしてはならない。何故か三人の死の中に、わたしたちが失った、また捨ててしまった大切なものが、隠されていると思うからです！」

暫しの沈黙の後、杜口がふと思い出したように、浄禅にお銚子を差し出した。

「いやいや、杜口様、もう結構でございます。酒には自信のある愚僧も、すっかり酔い痴れてしまいました。しかしお陰様で、胸の内を何もかも打ち明けさせていただいて、われながら信じられないくらい、凡てが生き返ったような気が致します。真に感謝に耐えません。

それから、これは余談になりますが、このたび掛川藩主・太田資愛様が明かされたところでは、息女・正子様の亡骸に対面された際、土浦藩の家老から自害に使われた短刀の処分方について、相談を受けられたとのこと。

その短刀は、室町時代は美濃国の作で〝兼升〟という由緒ある名刀とのことでしたが、資愛様はその引き取りを固辞されたそうです。ただ、

〝それは、見れば見るほど優雅に引き締まった短刀…それがわが娘をはじめ、三人の命を奪ったとは未だ到底信じ難い〟と、涙ながらに述懐しておられました。結局、兼升は土浦藩の蔵に収められたそうですが、一振りの短刀が、互いに愛し合う三人の命を奪ったかと思うと、何ともやり切れない想いで一杯です。真に因果な事件ではございました」

「今宵は思いもかけぬ貴重なお話を、身の引き締まる想いでお聞きいたしました。

小生も己が来し方行く末を、改めて考えさせられた次第です。

さて夜も大分更けて参ったようですが、浄禅様は如何なされますか？もしよろしければ、ここに、このままお泊まりすることも可能ですが…」

「いえ、折角ですが、わたしはこの近くの寺を定宿としておりますので、心配ご無用。寺の勝手にも通じておりますので、ご安心くだされ。この愚僧、今宵のご恩は生涯忘れません。ただただ有難く、感謝の言葉もございません！」

店には、客はもう誰もいなかった。杜口は弥助に長居を詫びながら、まとめて勘定を付けにすると、浄禅と共に店を出た。

いつの間にか雨は上がり、雲の合間から星が瞬いていた。火照った体に、師走の風が心地よく面を撫でた。

〝馳走にまでなって〟と恐縮する浄禅に、しみじみと杜口が言った。

「しかし〝いま生きている〟ということは、やはり、ありがたいことですなあ。わたしたちは結局、良く死ぬために生きているのかも知れません」

黙って杜口を見詰めていた浄禅が、大きく頷くと、両手で杜口の手をしっかりと握り締めた。

「杜口様、お体に気をつけられて、どうぞ益々良いお仕事をなすってください！」

「浄禅様も、真っ当に生きようとしている人たちのために、それぞれ希望への道を指し示してやってください！」

杜口は、何度も振り返っては手を振る浄禅を、その姿が暗闇に消え入るまで見送っていた。

当初杜口は、雨に濡れたこともあり、その夜は弥助の店に泊めて貰おうと考えていた。しかし浄禅から聞いた一種異様な事件を知った以上、直ちにこれを書き留めねばならぬ、との強い使命感に駆られた。

杜口の足取りは、八十路を過ぎたとは思えぬほどしっかりとして、素早かった。一刻（約三十分）もせずに自宅に着くや、杜口は酔い覚ましの水を飲むのももどかしく、急ぎ机に向かった。

まずは浄禅の話を、思い出すまま箇条書きにする。

次に、それらを土浦、掛川両藩の事情。特に、土浦藩主・泰直と正室・正子の詳細。そして正子の侍女・おも代の生い立ちや、その人となり等の項目を、小まめに仕分けして行く。

さらに、要所要所には、杜口の意見や判断、感想を細かく書き足して行くと、おぼろげながら事件の全体像が見えて来た。

杜口は、現実では考えられないような事件のあらましに、改めて強い衝撃を受けた。まさしく前代未聞の、悲しくも哀れな男と女の結末ではあった。しかも、その中心たる人物は、幕府直系の藩主。杜口は、聞いた限りの凡てを克明に書き記したいとの、強烈な衝動に駆られると同時に、

〝この話の出所だけは内密に！〟

と念を押された浄禅の言葉が、執拗に胸に響いた。

さらに浄禅は、

〝それはわたしの為ではなく、公儀に関わる事故〟

と釈明する一方で、

〝しかし三人の命を、このまま闇に葬りたくはない〟

と、繰り返したのだ。杜口はこの相矛盾する狭間にすっぽりとはまり込み、一晩中もがき苦しんだ。寝るに眠れず、伏しては起き、起きては伏し、を繰り返すばかり…。

どれほど現寝をしたか、ハッとして目を覚ますと、障子の向こうが早や明るんでいた。

杜口は、床の上でゆったりと足腰を伸ばすと、再び机に向かった。何故か、身も心もすっきりとして、深い透明感に満ちていた。

杜口は一言、

「和歌、俳句の如く、短いゆえにこそ、良く深く伝わることもある」

と、つぶやくや、サッと筆を走らせた。しかしそれは、この事件とは直接関係なさそうな一文であった。

〝辞世とは即ち迷い唯死なん
ただ終焉静かに眠る如しと聞くのみぞ、いともめでたけれ〟（翁草・巻一九〇）

書き終えると杜口は、その想いをじっと噛み締めるかのように、黙り込んだ。やがて〝然り〟とばかり両手で膝を打つと、真新しい和紙を取り出し、再び筆を執った。

〝土屋能登守内室は、遠州掛川城主・五万石余の息女なり。その侍女に城主・太田家より付き来し女あり。容貌麗敷故、能登守の箕妾となりて寵愛せらる。この女太田家士・某が娘故、内室を超え、その身の寵愛を得ること本意にあらずとて暇を乞う。能登守、是非なく暇を遣わすといえども、なお心残りしや。彼女を手討ちにして、その身も自殺せらる。内室、これを聞いて口惜しく思われけん。同じく自害されしとぞ〟

杜口は、ここまで一気に書き進むと、突然筆を置き、頭を抱えた。暫くすると意を決したように、更に筆を進めた。

〝表面は能登守、先病気分にて隠密し、未だ何とも落着せずと風聞す〟

ここでまた、杜口は筆を置くや、目を閉じ、身を揺らしながら呻吟した。一刻余りも過ぎたであろうか、杜口は徐に目を開くと、うめくようにして呟いた。

「何方様にも、ご迷惑はかけられん。しかし、事件のあらましは、書き記さねばならぬ」

杜口は、自信と安らぎに満ちて、締めの筆を執った。

〝虚実を知らず。寛政二年のことなり〟　（翁草・一七三）

杜口はそっと筆を置くと、改めて居住まいを正し、深く頭を垂れて合掌した。いつの間にか書斎の小窓から、透き通るような朝の光が差し込んでいた。

完

あとがき

神沢杜口の翁草巻一七三の記録に初めて接した時、筆者は突然、言いようのない熱い衝撃に襲われた。そもそも心中事件などとは筆者の最も忌諱するところであり、本来ならば端から受け入れるはずもなかった。それがどうしたことか、読んだ途端に〝これは違う。いわゆる心中事件とは、まるでその本質を異にしている！〟と直感したのである。

それ以来、筆者が小まめに関係各地の取材を続ける中で、この記録に隠された本質は単なる男女関係ではなく、一人の女性がひたすらに抱き続けた隣人への思いやりと、己が死をかけても人として歩むべき道を全うしようとした信念との、熾烈な葛藤であると確信した。

戦争や天災などの非日常的状況の中で、人は世のため他人のために、あるいはその命を捨てることができるかも知れない。逆に普段の平穏無事な生活の中では、他人のため、己が信念のためにその命を掛けることは、むしろわれわれの想像以上に難しいだろう。

つまりあらゆる混乱と激動のさ中で、もし人が追い詰められ、向こう見ずに突進するとすれば、それは言わば蛮勇であって勇気にして勇気でない。そもそも本来の勇気とは、心静かな日常感覚の中でこそ、細やかにして且つ揺るぎなく発揮されるべきものである。おも代は、まさにこの〝静かなる勇気〟を整然と実行し、貫き通した。

思うにこの事件は、経済成長に酔い、あらゆる分野で歯止めを失ったかに見える現代社会に、〝人の生きるべき道とは、真の豊かさとは何か？〟ひいては〝人は己の死とどう向き合うべきか？〟といった人生の根源的命題を、実は強烈に問いかけているのである。ところが昨今では、今やこの命題すら忘れ去られ、あるいはあからさまに嘲笑される始末である。

筆者は、翁草に残されたこの小さな記録を、そして江戸後期の世に、かくも清新な日本婦人が約しく生きていた事実を、心底誇りに思う。そして歴史に埋もれかかっていた一粒の高価な真珠のようなこの麗人を、一人でも多くの同胞に知って頂きたく、拙い筆を執らせて頂いた。

執筆に当たっては思いがけない障害が相次ぎ、出版は遅れに遅れた。ここで再三挫けそうになった筆者を助け、励ましてくださった友人知人たち、また関係者の方々に衷心より感謝の意を表したい。特に江戸中期から筆頭家老として代々掛川藩に仕えた古谷家の末裔・古谷長之氏には、病の身を押しながらも当家にまつわるあらゆる資料をもとに、懇切丁寧なご説明を頂いた。

また筆者の古くからの友人・酒巻裕史氏からは物心両面の手厚いご協力を、さらには直接出版編集に当たられた遊人工房の飯嶋清氏からは、誠心誠意の並々ならぬご指導ご鞭撻を頂戴した。その他様々な分野でのご協力者をも含め、ここに重ねて深くお礼申し上げたい。

この小著が、生きる道筋を模索する真摯な読者の方々の、新たな勇気と希望を見出す縁ともなれば、筆者としてこれ以上の喜びはない。

二〇一六年二月七日

佐々木征夫

著者略歴

佐々木征夫（ささき　ゆきお）

1939年　宮城県仙台市生まれ

1963年　日本テレビ放送網株式会社（日本テレビ）入社

1966年より、報道記者として総理官邸（内閣記者会）、自民党（平河ラブ）、外務省（霞クラブ）、大蔵省（現・財務相、財政研究会）、法務省、裁判所（司法クラブ）ほか、各記者クラブを歴任。

1980年より、ドキュメンタリー担当ディレクター（プロデューサー）となる。文化庁芸術祭賞、サンフランシスコ・ゴールデンゲート賞、民放祭賞（複数回）、ギャラクシー賞（複数回）ほか受賞。

1999年　日本テレビを退社し、現在、ドキュメンタリー作家として活動中。

主なテレビ番組作品

「うめ子先生・100歳の高校教師」（書道教師と生徒たちの心温まる交流を通し、真の教育を考える）

「素顔の戦士たち」（〝不登校児〟と〝不良少年〟たちの村で……）、

「生きる・鈴木茂子の輝き」（あるガン患者の煌めくような生と死）

「テレビ報道35年」（山田洋次と立花隆の初顔合わせで番組進行）

「待っていた兄と妹」（子供たちのヒロシマ）ほか。

著書

「ディレクターはつらいよ」（清水書院、1996年）

「うめ子先生・100歳の高校教師」（日本テレビ出版部、1998年）

「草平君の選んだ学校・愛真高校日誌」（教文館、2011年）

絵本「おじいちゃんの出会ったふしぎな話」

（さんこう社、文・宮川和歌子（著者の次女）絵・佐々木征夫、2008年）

参考資料

土浦博物館蔵・土浦藩史他各種関係資料
掛川中央図書館蔵・掛川藩史他各種関係資料
掛川市正願寺蔵・関係資料
神奈川県在住・古屋長之氏（掛川藩歴代筆頭家老末裔）蔵　各種関係資料
「足るを知る生き方」立川昭二著（講談社）
川崎市麻生図書館蔵　神沢杜口他・関係資料
関係各地郷土史研究家他資料

おも代の舞

二〇一六年四月十五日　発行

著　者　佐々木征夫©
発行者　酒巻裕史
発行所　遊人工房
〒一四一―〇〇〇一
東京都品川区北品川五・六・一六・六〇五
電話　〇三―五七九一―四三九一
ファクシミリ　〇三―五七九一―四三九二
Eメール　yujin - kb@uranus.dti.ne.jp

ISBN978-4-903434-79-7 C0093 ¥1400E